Questo libro
appartiene a:

....

....

Ciao,
io sono Valentina!

Ciao a tutti! Benvenuti nel mio mondo!
In questa avventura scoprirete tante cose su di me, sui miei amici e sulla mia famiglia.
Ve li presento...

Valentina

Papà

Mamma

Luca

Tazio

Alice

Ottilia

Maestro

I Edizione 2002

www.battelloavapore.it - www.edizpiemme.it

Anno 2015-2016-2017 Edizione 14 15 16 17 18 19 20 21 22 23

Stampato presso ELCOGRAF S.p.A. - Stabilimento di Cles (TN)

IL BATTELLO A VAPORE

Angelo Petrosino

IL VIAGGIO IN ITALIA DI VALENTINA

Illustrazioni di

Sara Not

PIEMME

Al mio Paese

SONO COMINCIATE LE VACANZE!

È finita la scuola, sono stanchissima e voglio pensare a un'estate fatta di letture, di corse in bici, di nuotate in piscina e di gite in collina.

La scuola mi piace, ma fino a settembre non voglio sentirne parlare.

Ah, com'è bella l'estate! Spero solo che non sia troppo afosa, e che ogni tanto venga una rinfrescata dalle montagne. Conosco un bel po' di cose sulle montagne e sul mare, sulle pianure e sulle colline.

Chiedetemi: «Quanto è alto il Monte Bianco?».

Risposta: «4.807 metri».

«Qual è il più lungo fiume italiano?»

«Il Po.»

«E come si chiamano quei terreni che tra Vercelli e Novara vengono allagati per coltivare una pianta i cui chicchi...?»

«Le risaie.»

Figuriamoci se non so rispondere a queste domande. Le risaie le ho viste in un paio di occasioni e sul Po ci sono stata una domenica in gita con mia

madre, mio padre e mio fratello Luca. Sul Monte Bianco, invece, non sono mai salita.

In effetti ho una passione per le montagne, ma anche il mare non mi dispiace. Sguazzare nell'acqua è un bel divertimento e prendere il sole una vera delizia.

Ma torniamo alla mia estate e alle mie vacanze...

Vorrei fare qualcosa di speciale, ma non so cosa. Ci penserò stanotte.

Magari faccio un sogno... i sogni, a volte, mi danno dei buoni suggerimenti.

CIAO, RAGAZZINA! CIAO, VIAGGIATRICE!

Fatemi riprendere fiato... lasciatemi riordinare le idee... la faccenda è troppo importante... non so da dove cominciare.

Allora, ore 14 e 50. Squilla il telefono.

«Ottilia, Tazio, zia Elsa, papà che arriva in ritardo?» penso mentre vado a rispondere.

Non è nessuno di loro.

– Ciao, ragazzina!

– Ciao, viaggiatrice!

È Stefi, naturalmente, l'amica giramondo di mia madre.

– Dove sei?

– A Torino.

– Allora ti vedrò presto.

– Mi considero invitata a cena?

– Certamente. Ci vediamo stasera: lo dico io alla mamma.

UN INDOVINELLO? UNA PROPOSTA!

Alle sette precise, Stefi ha bussato alla porta. Quando le ho aperto, mi sono buttata tra le sue braccia, che sono come quelle di un'amica o di una sorella.

Quella di Stefi sembrava una visita come tutte le altre. Ma quando ci siamo seduti a tavola, ho visto che mi guardava con occhi sornioni. E allora mi sono detta: «Qui gatta ci cova».

Però ho dovuto aspettare il dolce per sapere che cosa stava architettando.

– La cena era ottima – ha cominciato Stefi. – Ma adesso ascoltatemi bene – ha continuato, guardando me e i miei genitori. – Ho deciso di prendermi due mesi di vacanza. E ho un progetto: voglio scrivere un libro.

– Vuoi dire che resterai due mesi a Torino? – le ho chiesto.

– Nient'affatto.

– E dove pensi di scriverlo, questo libro?

– Un po' in albergo, un po' in piazza, un po' su un prato, un po' all'ombra di un albero, un po' sotto un ombrellone…

– Cos'è? Un indovinello?

– Viaggio tanto per il mondo, Valentina, che rischio di non conoscere bene l'Italia, il paese dove sono nata. Perciò ho accolto la proposta di un editore, ho deciso di attraversare la nostra penisola da nord a sud e di raccontarla in un libro.

– È una bellissima idea.

– Però questo viaggio non vorrei farlo da sola. Ho bisogno di un'assistente...

Il mio cuore ha avuto un sobbalzo e, con voce un po' tremante, ho detto: – Ti auguro proprio di trovarla...

– Veramente io l'avrei già trovata...

Stefi mi ha guardata negli occhi e mi ha posato una mano sul braccio: – Valentina, hai voglia di fare con me il giro di questo meraviglioso paese?

Ho guardato mio padre, ho guardato mia madre, ho guardato mio fratello Luca, ho guardato Stefi... e poi non sapevo più chi guardare.

Avrei voluto guardare me, per vedere di che colore era diventata la mia faccia.

Finalmente la voce è uscita dalla mia bocca e ho esclamato: – Eccome se lo vorrei!

Stefi ha cominciato a spiegare il suo progetto a mio padre e mia madre. Avremmo viaggiato con un'auto grande e spaziosa, ogni sera avremmo dormito in un buon albergo e il costo del viaggio sarebbe stato quasi tutto a carico dell'editore che aveva commissionato il libro. Alle spese extra ci avrebbe pensato lei.

– Hai voglia di fare il giro di questo meraviglioso paese?

PROMESSE, VALIGIE, DIARI

Ho due genitori insoliti, lo so. Ma forse dire insoliti è dire poco. Sono straordinari!

È vero che mi hanno fatto fare mille promesse, che mi hanno raccomandato di stare attaccata a Stefi come una ventosa, che se avevo davvero la testa sulle spalle questa era l'occasione per dimostrarlo... ma alla fine mi hanno concesso di partire e di fare questo incredibile viaggio!

– Sarò da te domani verso le sette – mi ha ricordato Stefi al telefono ieri sera.

E così, stamattina, mi sono svegliata alle cinque e mezzo. Stefi è arrivata puntuale. Jeans, maglietta, capelli raccolti: sembrava una giovane aquila pronta a librarsi nell'aria.

E io, cosa sembravo? Ero vestita quasi come lei e avevo una gran voglia di imparare a volare. Di sicuro Stefi sarebbe stata una buona maestra.

– Sono pronta – le ho detto.

– Allora possiamo andare. Ciao, Maria. Stai

tranquilla: tua figlia è in buone mani. Te la riporterò sana, salva e… cresciuta!

Mio padre mi fissava con lo sguardo che ha quando si chiede se il mondo non vada un po' a rovescio.

– Ciao, papà.

– Ciao, Valentina. E attenta a dove metti i piedi.

In una delle mie valigie, insieme a tutto quello che mi sarebbe servito durante il viaggio, ho messo anche un diario. Annoterò le cose più interessanti che vedo, così mi porterò a casa un bel po' di ricordi, e anche una piccola "guida" da mostrare a Ottilia, a Tazio e ai miei compagni di scuola.

PIEMONTE

TORINO VISTA DALLA MOLE

– Cominciamo da Torino, naturalmente – ha detto Stefi. – Io non sono mai stata sulla Mole Antonelliana. E tu?

– Mi vergogno a dirlo, ma nemmeno io ci sono mai salita.

– Allora andiamo.

Abbiamo percorso mezza città, siamo entrate in Piazza Castello e ci siamo infilate in Via Po.

– Piazza Castello è il cuore di Torino e mi piace molto – ha detto Stefi.

Io però faccio il tifo anche per Piazza Vittorio, che è una delle piazze più grandi e più belle della mia città.

Abbiamo svoltato in Via Montebello e abbiamo parcheggiato proprio sotto la Mole.

Adesso la Mole ospita il Museo del Cinema. E chi vuole sapere proprio tutto su come è nato e si è sviluppato il cinema, non ha che da venire qui.

– Prendiamo l'ascensore – ha detto Stefi.

Ci sono entrata con una certa emozione. E mentre la cabina saliva, immaginavo di essere in mongolfiera.

Quando sono uscita dall'ascensore, mi sono attaccata alla grata del terrazzino: era meraviglioso guardare Torino dall'alto! Ho osservato i tetti delle case, i comignoli, i cortili, i gatti che prendevano il sole sui balconi e in lontananza le montagne con le cime tutte coperte di neve.

– Io dove abito? – ho chiesto a Stefi.

– A occhio e croce laggiù.

Dopo aver cercato invano il mio quartiere, ho guardato il Monviso, che è così appuntito che non si può confondere con nessun'altra montagna.

– È da lì che nasce il Po, lo sai? – mi ha chiesto Stefi.

– Certo che lo so.

– Il Po è come le persone – ha continuato Stefi. – Lui, per crescere, riceve acqua da molti fiumi. Noi, invece, riceviamo esempi, consigli e aiuti dalle persone che ci vogliono bene.

– È complicato diventare grandi – ho detto. – Tu come sei diventata adulta?

– Con un po' di rabbia. E tu, come stai crescendo?

– Non me ne sto accorgendo. Cresco un po' con i miei, un po' con la mia amica Ottilia, un po' con Tazio, il ragazzo che mi piace, un po' sono cresciuta col maestro e con le sue storie. E in queste settimane credo che crescerò anche con te. Quand'è che si smette di crescere, Stefi?

– Mai, se continui a essere curiosa.

Il Po scorreva tra Piazza Vittorio e la collina, e sono rimasta a guardarlo in silenzio.

Piazza Vittorio Veneto (i torinesi la chiamano semplicemente Piazza Vittorio) sorse tra il 1825 e il 1831 su un'area alberata. È in questa piazza che alla fine del 1832 fu realizzato il primo esperimento italiano di illuminazione a gas. Precisamente al Caffè Biffi. Quando questo caffè diventò un negozio di pianoforti, si dice che in una saletta del primo piano, nel 1928, ebbe inizio la prima trasmissione radiofonica italiana.

La Mole Antonelliana venne iniziata nel 1863. Con la cupola superava i 160 metri: era l'edificio in muratura più alto d'Europa. Nel 1953 la guglia con la stella fu spazzata via da un uragano e qualche anno dopo fu ricostruita in acciaio e cemento armato.

IL MUSEO EGIZIO

– Non possiamo non fare una capatina al Museo Egizio – mi ha detto Stefi. – È il più famoso museo torinese. Ma è conosciuto anche all'estero, perché raccoglie una delle più importanti collezioni di antichità egizie del mondo. Che cosa ti interessa di più di quel popolo, Valentina?

– Mi incuriosiscono soprattutto le mummie.

– Non ti fanno paura?

– Solo nei film, quando camminano e terrorizzano la gente. Ma chiuse in un museo...

Al museo, in Via Accademia delle Scienze, siamo arrivate a piedi.

– Seguitemi – ci ha detto un uomo che faceva da guida a noi e a un altro gruppetto di persone.

E per quasi un'ora, è stato come viaggiare in un altro mondo...

Sono passata davanti alle statue dei faraoni e mi sono fermata a osservare le mummie. Quelle donne e quegli uomini avvolti nelle bende ed eternamente addormentati non avrebbero mai immaginato che sarebbero finiti davanti agli occhi di migliaia di persone, un giorno.

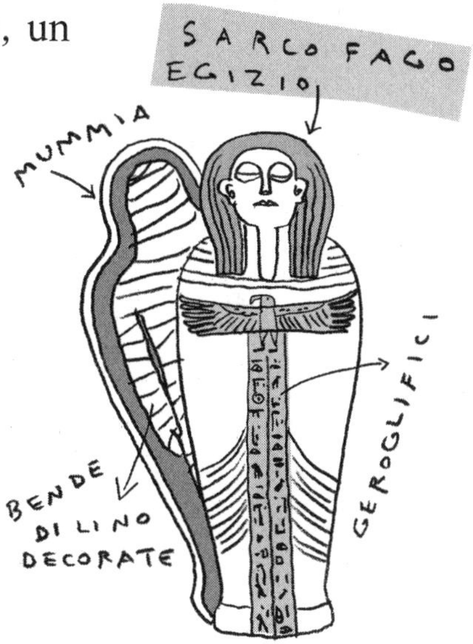

Nessuno può prevedere il futuro. Al massimo si può sognare. E questo io lo faccio spesso, anche se i miei sogni cambiano in continuazione.

Al piano terreno mi hanno colpito molto le statue della dea Sachmis di Karnak, con la sua testa di leone. Ma anche i vasi di ceramica, di bronzo e di vetro. E i papiri e gli altri strumenti utilizzati per la scrittura. Per non parlare poi dei sarcofagi e delle tombe.

Al termine del giro nelle sale del museo ero un po' frastornata.

– Preferisco vivere ai tempi d'oggi – ho detto a Stefi. – Non me ne importa di essere una regina come Nefertari. E nemmeno mi piacerebbe venire mummificata e imbalsamata.

Il metodo col quale venivano imbalsamati i faraoni era questo: il cervello veniva estratto attraverso le narici con un uncino; tramite una pietra tagliente si praticava un taglio lungo l'addome e si tiravano fuori gli intestini. Stomaco, fegato, polmoni e intestini venivano messi nei "vasi canopi". Solo il cuore veniva rimesso al suo posto. Il corpo era poi depurato e messo nel nitro per settanta giorni. Trascorso questo periodo, veniva lavato e avvolto con strisce di lino spalmate di gomma.

LA SACRA DI SAN MICHELE

– E adesso andiamo alla Sacra di San Michele – ha detto Stefi. – Sarà una bella esperienza, vedrai.

Mentre entravamo con l'auto in Val di Susa, Stefi mi ha detto: – Vedi? La Sacra di San Michele è in cima a quel monte, che si chiama Pirchiriano.

L'avevo già notata. Come si fa a non riconoscerla, visto che da lassù si innalza come un faro a guardia della valle?

A un certo punto abbiamo lasciato la strada principale, e la macchina ha cominciato a inerpicarsi su per la montagna, verso la chiesa.

L'edificio sembrava intagliato nella roccia. E quando, per arrivarci, ho cominciato a salire lo "Scalone dei Morti", ho fatto attenzione a non inciampare negli scalini, che erano stretti e taglienti.

– Perché si chiama così? – ho chiesto a Stefi.

– Perché lungo le sue pareti venivano seppelliti i monaci.

Da una torretta abbiamo raggiunto un terrazzo, e la vista sulla valle sottostante era stupenda. Se non ricordavo male, da quelle parti era passato Annibale, il famoso generale cartaginese nemico dei Romani. Allora ho cercato di immaginarmelo, con i suoi elefanti, i suoi cavalli, i suoi soldati.

– A cosa pensi? – mi ha chiesto Stefi quando mi ha vista soprappensiero.

– A quelli che vivranno fra mille anni. Come ci immagineranno? Chi si ricorderà di noi?

La Sacra di San Michele è un'abbazia benedettina abbarbicata su uno sperone di roccia, a 962 metri di altezza. Fu eretta alla fine del X secolo. Dal piazzale antistante la chiesa abbaziale si gode una bella vista sulle montagne, sulla valle della Dora Riparia e sulla Pianura Padana verso Torino.

IL LAGO D'ORTA, GIANNI RODARI E IL PARCO DELLA FANTASIA

– **Naturalmente ci sono** molte cose che non riusciremo a vedere nel nostro viaggio – ha detto Stefi. – Per esempio, del Piemonte, non riuscirò a farti vedere le Langhe.

– Quelle un po' le conosco già. Una volta mio padre mi ha portata a Santo Stefano Belbo, il paese dove è nato lo scrittore Cesare Pavese.

– Ti sono piaciute le colline che lo circondano?

– Sì. Ho pensato che lì si può fare quello che non puoi fare in città: quando non hai voglia di vedere nessuno, esci di casa, prendi un sentiero e vai.

E quando ti sei sfogata e non hai più voglia di stare da sola, torni indietro e ricominci la tua vita.

– E poi in Piemonte ci sono molti laghi. Ma noi ne vedremo uno solo: quello d'Orta.

Quando siamo arrivate in vista del lago, era quasi il tramonto. Chiuso tra i monti e immerso in una ricca vegetazione, il lago sembrava essere addormentato.

– Il Lago d'Orta non conosce le tempeste – mi ha detto Stefi. – E se non ci fosse il Monte Mottarone a separarlo dal Lago Maggiore, si potrebbe passare con due salti da uno all'altro.

Al centro del lago c'è l'isola di San Giulio e stamattina, con un motoscafo turistico, siamo andate a visitarla.

– La leggenda dice che l'isola era dominata da un serpente che aveva distrutto ogni cosa – mi ha raccontato Stefi. – Ma quando san Giulio vi approdò, navigando sul suo mantello come se fosse un'imbarcazione, il serpente sparì.

Mentre percorrevamo la stretta via pedonale che attraversa l'isola, Stefi mi ha detto: – L'isola di San Giulio è chiamata anche "Isola del Silenzio".

Infatti i nostri passi risuonavano sull'acciottolato e ogni tanto si vedevano dei cartelli. Su uno di questi c'era scritto: «Il silenzio è musica e armonia», su un altro: «Nel silenzio respiri Dio».

A mezzogiorno eravamo di nuovo a Orta San Giulio, sulla terraferma, e dopo aver pranzato siamo andate a Omegna.

– Sai chi è nato a Omegna? – mi ha chiesto Stefi.

– Sì: Gianni Rodari. Ho letto alcuni dei suoi libri.

– Ma forse non sai che fuori Omegna, sul Monte Zuoli, c'è un parco dedicato a lui. Si chiama "Parco della Fantasia". Tu ne hai di fantasia, Valentina?

– Credo di sì, visto che sono curiosa, mi piace fare ipotesi e mi pongo tante domande.

Dal Lago d'Orta esce un piccolo fiume che, invece di dirigersi verso la pianura, va verso le montagne. Si chiama Nigoglia e attraversa Omegna.

Gianni Rodari, scrittore per ragazzi tra i più famosi, nacque a Omegna il 23 ottobre 1920 e morì a Roma il 14 aprile 1980. Ha scritto molti libri per bambini (racconti, romanzi, poesie), tra i quali uno ambientato proprio sull'isola di San Giulio: "C'era due volte il barone Lamberto".

VALLE D'AOSTA

LA DORA, LE ALLUVIONI, I CASTELLI

Quando abbiamo imboccato l'autostrada per Aosta, il cielo era un po' nuvoloso. Ma poco prima di arrivare a Ivrea, ancora in Piemonte, le nuvole sono state spazzate via da un vento caldo e secco.

– È il Föhn – mi ha spiegato Stefi. – Scende con violenza dalle montagne, si riscalda nella corsa e, di colpo, sembra che porti l'estate.

A Ivrea abbiamo lasciato l'autostrada.

– Ci metteremo un po' di più, ma seguendo la statale entreremo proprio nel cuore della Valle – ha detto Stefi.

La Dora Baltea ci accompagnava nel nostro viaggio con le sue acque chiare e spumeggianti. E pensare che qualche inverno prima aveva provocato tanti danni! Mi era venuto da piangere a vedere in televisione le case travolte dall'acqua, le montagne

franate, la gente disperata. Fango, fango dappertutto. Ricordo che mi avevano colpito le immagini di una casa sventrata e di una piccola biblioteca sul punto di sparire in un vortice d'acqua.

Adesso sembrava che non fosse successo niente. La Dora scorreva nei suoi argini, la ferrovia era stata rimessa a posto e le case erano state ricostruite.

Pont-Saint-Martin, Verres, Chatillon, Nus…

– Il castello di Fénis! – ho esclamato a un certo punto. Lo avevo visto tante volte sui libri e sulle enciclopedie, e l'ho subito riconosciuto.

Il castello di Fénis fu eretto nel XIII secolo, e venne più volte rimaneggiato, soprattutto nel corso del XIV. Ha tutte le caratteristiche di un "vero" castello: il fossato, i bastioni, le mura merlate, la torre di guardia, il giro per la ronda. A pianoterra è ospitato il Museo del Mobile Valdostano.

AOSTA

Arrivate ad Aosta, Stefi ha parcheggiato l'auto davanti alla stazione: – Andiamo in centro.

Nemmeno cinque minuti dopo ci siamo affacciate su una piazza grande ed elegante. – Questa è Piazza Chanoux – mi ha detto Stefi.

– Ti fa venir voglia di chiacchierare, ma anche di camminare con il naso per aria, visto che non passano auto – ho commentato.

– Penso che la gente dovrebbe passare meno tempo in casa e incontrarsi più spesso nelle piazze e nei giardini – ha ripreso Stefi. – Vieni, adesso voglio mostrarti l'arco romano di Augusto.

Quando mi sono trovata davanti al monumento, ho esclamato: – Ma è enorme! Chissà se a Roma ne hanno uno così... –, e ci sono passata sotto fingendo di essere un'imperatrice dei tempi antichi!

L'arco romano di Augusto si trova nei pressi del torrente Buthier. Fu eretto nel 25 a.C. per commemorare la vittoria delle truppe romane guidate dal console Terenzio Varrone sulle tribù locali dei Salassi.

LE TORRI, SANT'ORSO...

Ad Aosta ci sono parecchie cose da vedere e Stefi me le ha mostrate quasi tutte.

Dal complesso monumentale di Sant'Orso alla Cattedrale, dal Teatro Romano alla Porta Praetoria, alle Torri.

Le Torri, soprattutto, mi hanno incuriosita, con i loro strani nomi. Per esempio la Torre del Lebbroso...

– Perché si chiama così? – ho chiesto a Stefi.

– Il nome deriva da un lebbroso che vi fu rinchiuso alla fine del XVII secolo.

– E la Torre di Bramafan?

– In questo caso il nome deriva da un'espressione in dialetto francoprovenzale, che si potrebbe tradurre letteralmente così: "gridare per la fame". È probabile che il popolo affamato, in tempi di carestia, si radunasse sotto questa torre per reclamare cibo.

Come dev'essere soffrire la fame?

Se penso alle immagini che vedo in televisione, non devo fare un grande sforzo d'immaginazione per capirlo, purtroppo.

La Fiera di Sant'Orso ha più di mille anni e, per due giorni, offre tutti i prodotti dell'artigianato valdostano: sculture in legno e in ferro battuto, oggetti in pietra, oggetti in cuoio, tessuti di lino e canapa, taglieri, antichi attrezzi agricoli, mobili, giocattoli, maschere.

L'oggetto più rappresentativo dell'artigianato valdostano è comunque la "grolla": un recipiente panciuto di legno lavorato che veniva utilizzato per le bevande nelle occasioni speciali.

LE FUNIVIE DEL MONTE BIANCO

– Soffri di vertigini, Valentina? – mi ha chiesto Stefi mentre cenavamo nel ristorante dell'albergo.

– Sì, purtroppo.

– Peccato. Pensavo di portarti sul Monte Bianco in funivia.

A quella proposta, mi sono subito affrettata a dire: – Però non mi vengono quando sono al chiuso.

– Allora domani vedrai uno spettacolo unico al mondo.

E stamattina, sul presto, siamo arrivate a Courmayeur.

Il Monte Bianco per me è un mito. È la montagna più alta d'Europa... ed è italiana!

– C'è anche il versante francese – mi ha fatto notare Stefi.

Ma di questi particolari mi sono dimenticata quando con la funivia siamo arrivate a Punta Helbronner, cioè a ben 3.462 metri di quota.

Mai, in vita mia, ero arrivata così in alto.

Tante volte mi sono chiesta: «Perché certe persone vogliono salire sempre più su e toccare con mano le cime delle montagne?».

Guardando il paesaggio bianco che avevo sotto i piedi e intorno a me, ho capito: sarei rimasta per ore a contemplare il confine tra il cielo e la montagna. Allora ho provato a immaginare gli sciatori, che sembrano danzare mentre scendono dai ripidi pendii del Bianco. Che sensazione fantastica quella del vento pungente sul viso! E che silenzio deve esserci quando sulle piste, magari verso la fine della giornata, non s'incontra più nessuno, il sole comincia a calare... e sei solo tu e la montagna!

Mai, in vita mia, ero arrivata così in alto.

IL PARCO DEL GRAN PARADISO

– Non si può lasciare la Valle d'Aosta senza almeno dare un'occhiata al Parco del Gran Paradiso – mi ha detto Stefi.

E così stamattina siamo salite fino a Cogne, a 1.534 metri di altitudine. Cogne è davvero un bel paese. Si trova fra il Prato di Sant'Orso e i boschi di conifere.

Stefi ha voluto fare una scampagnata fino alla frazione di Lillaz. Sono circa tre chilometri ed è un percorso pianeggiante tutto nel bosco. Di lì ho potuto vedere le cascate che d'inverno ghiacciano, diventando il posto ideale per gli appassionati di arrampicata su ghiaccio.

Dopo siamo andate fino a Valnontey.

– Pensi che vedremo gli stambecchi nel Parco? – ho chiesto a Stefi.

– Forse. Questi animali sono abbastanza coraggiosi e se vedono un uomo non scappano subito.

– E le marmotte? È vero che le loro tane sono come un labirinto sotterraneo?

– È vero. I rifugi dove le marmotte trascorrono il letargo sono un intreccio di cunicoli, che hanno soprattutto lo scopo di proteggerle dal freddo durante l'inverno.

Ma siamo state sfortunate: non abbiamo visto né stambecchi, né camosci, né marmotte!

A un certo punto, però, mi è sembrato di vedere volteggiare in cielo un'aquila reale. Così ho attirato l'attenzione di Stefi.

– Era lei? – le ho chiesto dopo che è scomparsa.

– Penso proprio di sì.

L'aquila per me rappresenta la libertà. E io amo la libertà. Nella mia vita voglio coltivare tanti sogni, incontrare tanta gente e conoscere mille e mille cose.

Il Parco Nazionale del Gran Paradiso fu istituito nel 1922. È situato tra la Valle d'Aosta e il Piemonte. La sua vegetazione è formata da boschi di larici, abeti e pini. Fu il Parco del Gran Paradiso a preservare lo stambecco dall'estinzione. E proprio questo animale, protetto fin dal 1821, ne è il simbolo.

Il Parco abbraccia un vasto territorio, compreso tra gli 800 e i 4.061 metri di altitudine (la vetta del Gran Paradiso). È il regno delle marmotte (ce ne sono quasi 10.000), degli stambecchi, dei camosci, della lepre variabile (che d'inverno diventa bianca come la neve mentre, in estate è marroncina), dell'aquila reale e delle pernici bianche.

LA VALLE DI GRESSONEY

Sulla via del ritorno, Stefi è uscita al casello di Pont Saint Martin e ha imboccato la strada per Gressoney.

– Adesso guarda questa valle e dimmi cosa ne pensi – mi ha detto.

All'inizio mi ha fatto molta impressione. Era stretta e sembrava che ti schiacciasse da ogni parte. Ma una mezz'ora più tardi si è allargata e abbiamo cominciato ad attraversare paesi, frazioni, mercati.

Costeggiavamo quasi sempre un torrente impetuoso, allora ho chiesto a Stefi: – Come si chiama?

– Lys, che vuol dire "giglio". La valle di Gressoney

è una delle più intatte della Valle d'Aosta. Qui la natura non è stata intaccata, ed è bello viverci o passare delle lunghe vacanze.

Stefi ha aperto i finestrini e nell'auto si è rovesciata un'aria profumata di pini e di abeti.

– Eccoci a Gressoney-Saint-Jean, Valentina.

Come sembrava lontana Torino! Qui niente palazzi, niente traffico frenetico, niente strade intasate. Sui fianchi delle montagne tanti alberi, tanti prati, qualche piccola cascata.

Il paese, invece, era fatto di case perlopiù di legno e dai balconi pieni di fiori. Passeggiando nelle sue stradine, dovevi quasi spostarti per fare spazio alle altre persone. Ma nessuno aveva fretta, e abbiamo passato un paio d'ore in cui ci siamo davvero rilassate. Uscendo dal paese, Stefi mi ha mostrato un paio di *rascard*.

Gressoney-Saint-Jean si trova a 1.385 metri di altitudine, su una piana ai piedi dei ghiacciai del Lyskamm. In questa località soggiornava d'estate la regina Margherita di Savoia. I "rascard" sono tipici fienili dai tetti di ardesia; hanno una struttura a palafitta che poggia su quattro pilastri detti "funghi".

PIAZZA DEL DUOMO

– E ora a Milano! – ha esclamato Stefi imboccando l'autostrada A4.

– Mi dispiace di non poterti sostituire al volante, ma non so guidare! – ho scherzato.

– Mi sgranchirò le gambe più tardi. Lasceremo l'auto in periferia e prenderemo la metropolitana. È più pratico, non verremo bloccate dal traffico e non inquineremo l'aria della città.

Siamo salite in metropolitana a Famagosta e siamo arrivate in meno di mezz'ora in Piazza del Duomo.

– Che meraviglia! – ho esclamato quando mi sono affacciata sulla grande piazza, davanti al Duomo. – È diverso da come te lo immagini guardandolo sui libri.

Stefi mi ha messo un braccio intorno alle spalle e ha ammirato insieme a me quella chiesa tutta guglie. Era un mezzogiorno pieno di sole e la piazza era gremita di turisti. I piccioni erano centinaia, svolazzavano da ogni parte e non si lasciavano sfuggire una mollica di pane o un chicco di mais.

Il Duomo fu iniziato nel 1386. Voluto da Gian Galeazzo Visconti, sorge sul luogo della basilica altomedievale di Santa Maria Maggiore. È una stupenda costruzione di marmo biancorosa con una grande quantità di statue, guglie, contrafforti, archi rampanti e piloni.

Le statue che la decorano sono più di 3.000, compresi i 96 giganti con doccioni. Negli edifici del passato, il doccione era una bocca di scarico dell'acqua raccolta in una grondaia.

UN LAVORO DEL QUALE NON SI VEDE LA FINE

– L'ora ideale per ammirare il Duomo è il tardo pomeriggio, quando è illuminato dal sole che tramonta – mi ha detto Stefi.

Io pensavo ai secoli che c'erano voluti per realizzarlo. Chi ci aveva lavorato non aveva visto completata l'opera.

I piccioni non si lasciavano sfuggire una mollica di pane…

Dunque si può cominciare un lavoro e sapere che toccherà ad altri finirlo, magari anche secoli dopo. Oggi si costruisce tutto così in fretta. Chissà se le opere e i monumenti che si erigono oggi dureranno secoli e secoli come il Duomo di Milano.

Al termine della passeggiata, siamo entrate in chiesa. C'era molta gente, ma c'era anche molto silenzio. E, soprattutto, c'era molto buio.

– È come se ci fossimo lasciati tutto il mondo alle spalle – ho mormorato a Stefi. – E mi sento così piccola. È la prima volta che mi succede.

– Proveresti la stessa impressione se entrassi nel Duomo di Colonia, in Germania. Chissà che non ti ci porti, un giorno...

Fu con Napoleone Bonaparte che si completò la costruzione della facciata del Duomo (1805-1809).

La chiesa è divisa in cinque navate, separate da 52 pilastri di altezza vertiginosa. La lunghezza dell'edificio è di 157 metri. La superficie è di 11.700 metri quadrati: è una delle chiese più grandi al mondo (al primo posto c'è la Basilica di San Pietro in Vaticano). La guglia più alta raggiunge i 108,5 metri: è quella sormontata dalla statua della "Madonnina", rivestita con 3.900 lamine d'oro.

IL CASTELLO SFORZESCO

Uscita dal Duomo, è stato come tornare alla realtà.

– Voglio farti vedere il Castello Sforzesco – ha detto Stefi. – E stasera ti porterò ad ammirare dal di fuori il Teatro alla Scala: è uno dei teatri d'opera più prestigiosi al mondo. Domani poi voleremo sul Lago di Garda.

– Chi ti dà tutta questa energia?

– Il fatto che il nostro viaggio deve finire entro la fine di agosto. Sei stanca?

– Stefi, non mi stanco mai quando sono con te!

– Allora andiamo…

Il Castello Sforzesco è davvero imponente, con i suoi torrioni e il fossato che lo circonda. Tuttavia, se penso che è una fortezza costruita per la guerra, mi viene da arricciare il naso.

La guerra e la violenza non mi piacciono. E poi, chi viveva in un castello doveva sentirsi come in una gabbia… magari dorata, ma pur sempre una gabbia. E a me le gabbie mettono i brividi.

Ho detto a Stefi quello che stavo pensando e lei mi ha risposto: – Sono perfettamente d'accordo con te.

È dal Castello Sforzesco che partirono i soldati chiamati a fronteggiare la "rivolta del Pane", come si legge nei "Promessi Sposi", il famosissimo romanzo scritto nel XIX secolo da Alessandro Manzoni.

Fra le sue mura era di stanza una guarnigione di quasi 3.000 unità. Per alimentare d'acqua il fossato, erano stati costruiti dei canali, i "navigli", che portavano fino a Milano l'acqua dei fiumi Ticino e Adda. Nel corso degli anni i navigli vennero ricoperti e oggi ne rimangono visibili solo alcuni tratti.

IL LAGO DI GARDA

– **Faremo il giro** di tutto il Lago di Garda, ma sarà un giro piuttosto veloce – mi ha detto Stefi uscendo da Milano. – Cominceremo da Desenzano.

Siamo arrivate verso le otto di sera. Il nostro albergo si affacciava sul porticciolo e dopo cena siamo andate a passeggiare sul lungolago.

Stamattina siamo ripartite molto presto.

– Faremo la Gardesana occidentale – ha detto Stefi. – Arriveremo a Riva del Garda e torneremo indietro fino a Peschiera con la Gardesana orientale.

Padenghe, Moniga, Manerba, Salò, Gardone, Maderno, Tremosine… a tutti questi nomi cercavo di associare delle immagini di piante e di paesaggi, per potermeli ricordare. E quante ce n'erano di piante! Sembrava di essere in riva al mare o in un paese del sud. Uliveti, limonaie, piante di alloro, cipressi…

Il lago alla nostra destra scintillava sotto il sole, e ogni tanto Stefi mi faceva notare un promontorio o un'isoletta.

– Le persone che abitano qui stanno bene tutto l'anno, Valentina – mi ha detto. – Infatti non fa mai né troppo freddo né troppo caldo. Che meraviglia!

A Riva del Garda abbiamo fatto una sosta per sgranchirci le gambe, poi siamo ripartite per Torbole e Malcesine.

Malcesine è circondata da una folta vegetazione di ulivi, cipressi, oleandri e si trova ai piedi del Monte Baldo.

Arrivate a Peschiera del Garda, Stefi mi ha detto: – Ormai siamo nel Veneto. Ma ritorneremo ancora in Lombardia per andare a Mantova.

Sul Lago di Garda soffiano diversi venti tra i quali l'Avreser e il Rèfol.

Da Malcesine si può prendere una funivia e, in pochi minuti, si arriva sul Monte Baldo, a 1.790 metri di altezza, da dove si gode un panorama stupendo.

MANTOVA

A Mantova siamo arrivate col buio e con lo stomaco che brontolava. Il mio, almeno.

Così abbiamo depositato i bagagli in albergo e

siamo andate a cena. Il nostro albergo era vicino a Piazza delle Erbe, e il ristorante anche.

– Che cosa sai di Mantova? – mi ha chiesto Stefi.

– L'anno scorso a scuola abbiamo parlato di Palazzo Ducale. So che si affaccia su Piazza Sordello.

Uscite dal ristorante, siamo andate in Piazza delle Erbe.

– Questa piazza è l'anima della città – mi ha spiegato Stefi. – Ogni giorno qui si tiene il mercato di frutta e verdura.

Poi mi ha mostrato i portici, il Palazzo della Ragione, la Torre dell'Orologio, la Rotonda di San Lorenzo e il Palazzo del Podestà.

– Ma devi sapere un'altra cosa – ha continuato poi. – Da alcuni anni, in questa piazza e in altri luoghi della città, si tiene il famoso "Festivaletteratura". Si chiama proprio così.

– E in cosa consiste? – le ho domandato.

– A settembre, per alcuni giorni, si danno appuntamento a Mantova gli scrittori di molti paesi del mondo. Vengono per incontrare i lettori e per parlare dei loro libri. Partecipano anche tanti scrittori per ragazzi. Insomma, è una bella festa per tutti.

Nel 70 a.C. a Mantova nacque il grande poeta latino Virgilio. Secondo una leggenda riportata proprio da lui, la città venne fondata da Manto, figlia dell'indovino Tiresia. In realtà, sembra che Mantova sia stata costruita dagli Etruschi intorno al VI o V secolo a.C.

Alla fine del Medioevo ebbe un notevole sviluppo e diventò un libero comune nel XII secolo ma, nel XIV, passò sotto la signoria di Luigi I Gonzaga. Grazie alla dinastia dei Gonzaga, durante il XV e il XVI secolo, Mantova fu uno dei principali centri artistici dell'Italia settentrionale.

PALAZZO DUCALE

In Piazza Sordello siamo andate il giorno successivo, subito dopo colazione. Non c'era ancora nessuno e si sentiva il rumore dei nostri passi sull'acciottolato.

Quando mi alzo la mattina per andare a scuola, vedo la strada già intasata di traffico e mi viene da sospirare. Perciò, camminare in silenzio nella piazza con Stefi era un sogno a occhi aperti.

Stefi mi ha indicato i palazzi dei Bonacolsi con la torre della "gabbia", il Palazzo Vescovile e gli edifici più antichi del Palazzo Ducale: la Magna Domus e il merlato Palazzo del Capitano. E infine il Duomo, che chiude la piazza sul lato nord.

La visita al Palazzo Ducale ci ha preso quasi due ore, ma ne valeva la pena. Ho messo il naso in parecchie stanze, nelle sale, nei passaggi più stretti, nei corridoi, e mi sono affacciata sui cortili, sui giardini e negli spiazzi.

– Non è un palazzo, è una città vera e propria! – ho esclamato.

Stefi è rimasta a lungo soprattutto nella "Camera degli Sposi", che il pittore Andrea Mantegna ha affrescato durante il Rinascimento.

Quando siamo uscite, ho pensato che era come se avessimo fatto un viaggio nel tempo.

– In Italia è così – mi ha detto Stefi. – Puoi tornare indietro nei secoli in ogni città e in ogni paese.

Il Palazzo Ducale comprende palazzi, chiese e piazze interne fra giardini e porticati. I cortili, i giardini e le piazze sono in tutto 15; le sale, le stanze, i passaggi e i corridoi, invece, ben 500. La Magna Domus (costruita nel 1299) è l'edificio più antico di tutto il palazzo.

TRENTINO-ALTO ADIGE

TRENTO

Nel primo pomeriggio abbiamo lasciato Mantova.

Da Verona in poi abbiamo costeggiato l'Adige. Sapevo che è lungo quattrocentodieci chilometri e che, per lunghezza, in Italia è secondo solo al Po.

Intorno a noi, montagne e montagne…

A Trento siamo scese davanti a un albergo che si trovava vicino alla stazione, ci siamo cambiate e siamo andate nel centro della città.

Trento è una città accogliente ed elegante. E quando siamo arrivate in Piazza Duomo, non sapevo dove posare gli occhi.

Prima di tutto ho guardato gli affreschi sulle facciate delle case. Poi la chiesa, poi il palazzo al suo fianco…

– Ti aiuto io a raccapezzarti, Valentina – mi ha detto Stefi. – Questa è la chiesa di San Vigilio e quello è il Palazzo Pretorio. Vedi che merlatura lunga? E che dici del rosone che abbellisce la chiesa?

Lo avevo già notato. Era enorme.

– Sai come lo chiamano, Valentina? – ha continuato Stefi. – "Ruota della fortuna".

– E la fontana che sta in mezzo alla piazza, ha un nome?

– Sì. Si chiama Fontana del Nettuno.

In quel momento la piazza era vuota e avrei voluto mettermi a correre. A volte mi vengono dei desideri da bambina piccola. Ma non me ne vergogno. Soprattutto se non c'è nessuno a guardarmi. Come in quel momento, in cui quella grande piazza sembrava tutta mia e di Stefi.

– E se mi mettessi a urlare? – ho chiesto a Stefi.

– Fai pure – mi ha risposto. – Che cosa vorresti gridare?

– Che sono felice di trovarmi insieme a te in questa città, in questa piazza, in questa sera stupenda.

– Allora gridiamo insieme, perché anch'io vorrei dire le stesse cose.

Ma il silenzio intorno a noi era così profondo, che non abbiamo osato romperlo.

Così ho dato la mano a Stefi e mi sono lasciata

guidare da lei fin sotto al Castello del Buonconsiglio.

Il Castello del Buonconsiglio è oggi la sede del Museo Provinciale d'Arte di Trento. All'interno, il castello è costituito da un intrico di cortili, scale, passaggi ed edifici diversi.

Il capoluogo trentino accolse il celebre Concilio di Trento (1545-1563). Il concilio voleva contrastare l'ascesa del Protestantesimo e diede avvio alla Controriforma, un movimento che cambiò il volto della Chiesa.

LE DOLOMITI E LE PALE DI SAN MARTINO

Prima di andare a Bolzano, Stefi ha deciso di portarmi a San Martino di Castrozza.

– Che nome! – ho esclamato. – Dove si trova?

– A più di 1.400 metri di altezza. Le montagne che si vedono alle sue spalle sono stupende.

– Vuoi dire le Dolomiti?

– Sì. Ti dice niente il nome "Pale di San Martino"?

– No.

– Allora sono contenta di poterti regalare io questo spettacolo.

L'albergo nel quale abbiamo preso alloggio dà proprio sulle Pale di San Martino. E quando mi sono affacciata al balcone, sono rimasta ammutolita.

Avevo di fronte decine di guglie, spigoli affilati, torri altissime. Non erano montagne erano... delle cattedrali di pietra!

– Pensa che sono montagne di "corallo"! – ha esclamato Stefi. – La loro storia comincia circa trecento milioni di anni fa. In un mare tranquillo e non molto profondo, colonie e colonie di coralli si moltiplicarono, fino a trasformarsi in scogliere che superavano i mille metri. Poi ci pensarono il vento, la neve, la pioggia a modellarle e a dare loro le forme aguzze che vedi.

Stamattina ci siamo fatte prestare un paio di bici dal proprietario dell'albergo e siamo andate prima al Passo di Rolle, poi al rifugio Segantini.

Mentre prendevamo la strada per il Passo di Rolle, il sole stava spuntando dietro le Pale. La luce era accecante e ho dovuto abbassare gli occhi.

Stefi mi ha indicato il Cimon della Pala e mi ha

detto: – Sai come viene soprannominato? Il "Cervino delle Dolomiti".

– Gli somiglia proprio!

Prima di tornare indietro, abbiamo mangiato mezza tavoletta di cioccolata a testa.

Le Dolomiti sono costituite per la maggior parte da rocce calcaree chiamate "dolomie", dal nome del geologo francese Gratet de Dolomieu. Fu lui a studiarne per primo la struttura, alla fine del XVIII secolo.

Il gruppo della Marmolada, con i suoi 3.343 metri di altezza, costituisce il culmine delle Dolomiti.

Le Dolomiti, a seconda della luce, assumono colori diversi, dal dorato al rosa.

BOLZANO, PIAZZA WALTHER, PIAZZA DELLE ERBE...

Verso sera siamo arrivate a Bolzano. Alloggiavamo vicino a Piazza Walther, che è stato il primo posto di Bolzano che Stefi mi ha mostrato.

– In questa piazza si tiene un fantasioso mercatino di Natale – mi ha detto.

Poi ci siamo infilate in strade e stradine. Infine abbiamo percorso Via Portici da cima a fondo, ci siamo fermate in Piazza del Municipio e abbiamo concluso la nostra passeggiata con Piazza del Grano e Piazza delle Erbe.

– Domani mattina queste bancarelle saranno stracariche di frutta colorata e appetitosa – mi ha detto Stefi.

E quando si è accorta che ero sorpresa dalle finestre sporgenti e dai colori delle facciate delle case, ha aggiunto: – Il centro di Bolzano assomiglia a quello di una città tedesca piuttosto che a quello di una italiana. Sarà lo stesso anche a Merano.

– Quando ci andiamo?

– Domani. Mi sembra già di sentire nelle orecchie le acque tumultuose del torrente Passirio. Merano si trova in una bella conca, gode di un clima piacevole e sono famose le sue passeggiate. Attraversano boschi e vigneti e si snodano sui pendii delle colline circostanti.

A cena abbiamo mangiato i canederli.

Bolzano è il capoluogo dell'Alto Adige ed è situata sulla via del Brennero, alla confluenza dell'Adige e dell'Isarco.

Piazza Walther prende il nome dal poeta Walther von der Vogelweide (1170-1230). La sua statua vi troneggia nel centro. Il Duomo, a pochi passi dalla statua, è il monumento gotico più importante della regione.

Da Bolzano partono varie funivie, tra cui quella di San Genesio, che è un paese a 1.087 metri di altitudine. Di qui, con una passeggiata di tre quarti d'ora, si arriva all'altopiano del Salto, che è uno dei luoghi più suggestivi dell'Alto Adige.

I canederli hanno la forma di palline di 4 o 5 centimetri di diametro. Si preparano con pane raffermo, speck, salame, cipolla, farina, uova e latte. Sono serviti con brodo di carne e conditi con erba cipollina.

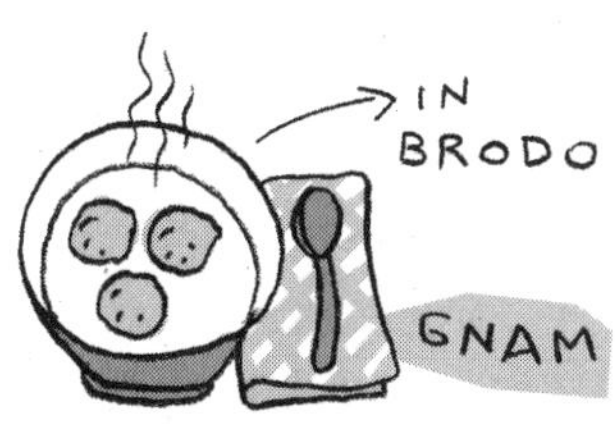

MERANO: PARCHI, GIARDINI, PASSEGGIATE...

A Merano siamo andate in treno.

– Merano è una città fiorita – mi ha detto Stefi. – Dappertutto ci sono parchi e giardini.

In Piazza del Grano c'era un mercatino che vendeva la famosa frutta della conca di Merano.

– L'uva meranese è squisita – mi ha detto Stefi. – Si chiama "Schiava" e si mangia per fare la cosiddetta "cura dell'uva".

– Devono essere tutti ricchi da queste parti – ho osservato indicando le vetrine scintillanti dei negozi.

– Ti piacerebbe abitarci? – mi ha chiesto Stefi.

– Solo se ci fossero anche i miei amici e le persone a cui voglio bene.

Siamo andate a guardare da vicino il torrente Passirio e abbiamo percorso prima la Passeggiata d'Inverno, poi quella d'Estate. Era la più suggestiva, ombreggiata da pioppi e abeti: si stava davvero freschi sotto le loro fronde.

Ho chiuso gli occhi e mi sono messa a pensare a Ottilia, ai miei genitori e a Luca. Mi sembrava di averli lasciati da un tempo lunghissimo. Poi ho pensato che sarebbe stato bello passeggiare con Tazio lungo il torrente. Quando ho aperto gli occhi, ho visto un bambino e un cucciolo di cane fermi davanti alla nostra panchina.

– Che cosa state facendo? – mi ha chiesto il bambino.

– Ci stiamo riposando – gli ho risposto.

– Io sto facendo passeggiare il mio cane.

– Come si chiama?

– Stick. Beh, adesso devo andare. Mia sorella mi sta aspettando e, se non mi vede arrivare, comincia a gridare. È proprio insopportabile…

– Ciao – gli ho detto, dopo aver fatto una carezza al cane, che mi ha leccato una mano.

Le Passeggiate d'Estate e d'Inverno costeggiano il torrente Passirio. La Passeggiata d'Inverno, esposta a sud, è piena di fiori e alberi e, fiancheggiata da tanti caffè e terrazze, è molto animata. La Passeggiata d'Estate, sull'altra sponda, finisce in un parco ombroso con pini e palmizi.

VENETO

VICENZA, "LA ROTONDA", VENEZIA

Alle nove e mezzo eravamo a Verona e alle dieci siamo entrate a Vicenza. Dopo pranzo siamo andate prima in Piazza dei Signori, poi ai piedi di una collinetta, su cui svettava una splendida villa.

– Si chiama "La Rotonda" ed è stata costruita da un architetto famoso – mi ha detto Stefi. – Andrea Palladio.

La costruzione era candida ed elegante, e mi ispirava tanta pace. Da ogni lato sporgeva un pronao, che sembrava volesse chiacchierare con uno dei quattro punti cardinali.

La collina non era alta. Ma si godeva un bel panorama.

– Quello è l'arco delle Prealpi – mi ha detto Stefi. – Lì c'è il Monte Grappa e là il Monte Baldo.

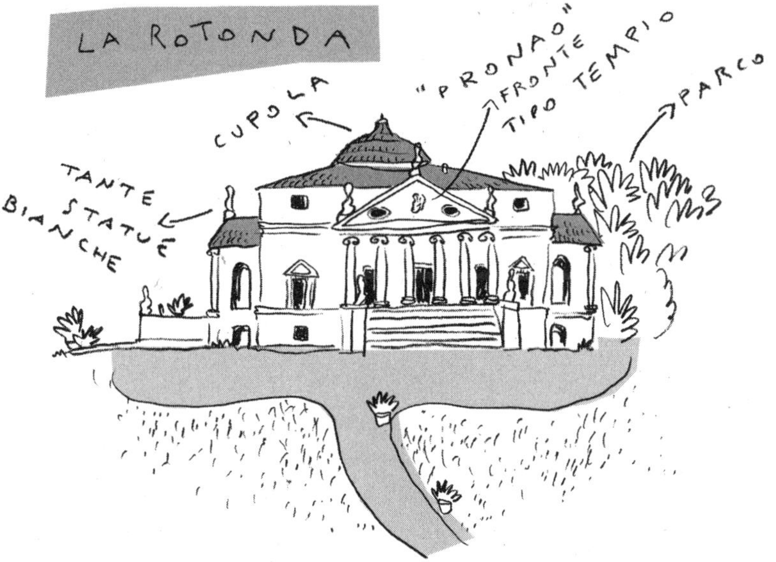

È incredibile riuscire a vedere tante cose in così poco tempo. Ma Stefi ha programmato tutto minuziosamente.

– Voglio che ti restino dei bei ricordi – mi ha detto.

– Credi che l'Italia rimarrà la stessa anche tra vent'anni?

– Le cose belle dovrebbero rimanere intatte per secoli. Proprio come quelle che vedremo a Venezia.

– Venezia! Sono davvero emozionata al pensiero che sto per metterci piede.

– Tutti si emozionano quando arrivano a Venezia, e non solo la prima volta.

– È vero che ci si può perdere tra le sue calli?
– Sì, se vai in giro a caso, senza una mappa.

Andrea Palladio (1508-1580) nacque a Padova e morì a Vicenza. Grandissimo architetto del Rinascimento, è autore di veri capolavori, come la basilica in Piazza dei Signori a Vicenza. Stranamente, la destinazione di questo edificio non era però religiosa: era il luogo di riunione dei nobili vicentini.

Il pronao, nei templi dell'Antica Grecia, era la parte che stava tra la cella (la zona più interna e più sacra dell'edificio) e il colonnato antistante. Spesso era delimitato da due colonne.

ARRIVO A VENEZIA: CALLI, PONTI, CAMPIELLI...

Abbiamo lasciato l'auto a Mestre e siamo entrate a Venezia in treno. Quando siamo passate sul ponte che separa Venezia dalla terraferma, ho esclamato: – Sembra di correre sull'acqua!

La stazione di Venezia si chiama Santa Lucia. È bastato affacciarsi sui gradini esterni per trovarsi davanti il Canal Grande, i palazzi tutti finestre, la folla che si assiepava intorno ai vaporetti, le bancarelle e i negozi stracolmi di ricordi e cartoline, i colombi (così i veneziani chiamano i piccioni) alla ricerca di cibo… «Chissà se ci sono anche dei gatti!» ho pensato. Non si vedevano, ma forse uscivano di notte, quando rimanevano padroni delle calli, attraversavano i ponti e si davano appuntamento chissà dove.

– Il nostro albergo è sull'altra sponda del Canal Grande – mi ha detto Stefi. – Dobbiamo attraversare solo il Ponte degli Scalzi, qui davanti, e ci siamo.

Una volta sistemate, siamo uscite subito per fare una prima conoscenza con Venezia.

Abbiamo riattraversato il Ponte degli Scalzi, abbiamo preso una larga calle sulla destra e siamo arrivate davanti al Ponte delle Guglie.

– Questo è il Canale di Cannaregio – mi ha detto Stefi. – Oltre il ponte comincia il sestiere di Cannaregio. È un luogo dove non c'è la confusione che abbiamo appena visto. Lo visiteremo domani.

Venezia è costruita su 118 isolotti, separati da circa 150 canali su cui passano più di 400 ponti. Fu fondata tra il V e il VI secolo dagli abitanti della terraferma, che cercavano di difendersi dalle incursioni dei longobardi.

VOCABOLARIO VENEZIANO

Calli: si chiamano così quasi tutte le vie di Venezia. Alcune varianti sono: calli larghe, callette, calleselle.

Campo: è il termine veneziano per "piazza". A Venezia esiste una sola piazza: Piazza San Marco.

Fondamenta: è la strada che costeggia un rio o un canale.

Sestieri: sono i quartieri in cui è divisa Venezia. Cioè: San Marco, Castello, Cannaregio, Santa Croce, San Polo e Dorsoduro (del quale fa parte anche la Giudecca).

Sotopòrtego: si tratta di un passaggio sotto le costruzioni.

CAMPO DI GHETTO NUOVO

Stamattina siamo tornate a Cannaregio per visitare il Campo di Ghetto Nuovo.

Ci siamo arrivate attraverso un sotopòrtego da calle Farnese ed è stato come entrare in una zona fortificata attraverso un ponte levatoio. Lo abbassi ed entri in un luogo di misteri!

– *Ghetto*... conosco bene questa parola – ho detto a Stefi.

– Pensa che è nata proprio qui a Venezia. È il nome che fu dato alla piccola zona dove vennero confinati gli ebrei a partire dal 1516. La zona veniva chiusa dal tramonto all'alba e nessuno poteva uscire. Lo spazio era così piccolo che, per starci tutti, gli abitanti furono costretti a costruire case più alte del normale.

– E dove andavano a lavorare?

– Agli ebrei era vietato fare molti lavori. Potevano fare gli "strazzaroli", vale a dire vendere e comprare vestiti usati. Oppure i medici, o ancora i banchieri, cioè prestavano denaro, cosa che ai cristiani era proibito.

– Non è giusto chiudere la gente nei ghetti.

– Questo lo crediamo oggi. Purtroppo però, per cambiare le teste delle persone, a volte ci vogliono dei secoli.

Dopo una rapida visita siamo tornate indietro, in direzione della stazione.

– Voglio farti fare in gondola tutto il Canal Grande – mi ha detto Stefi. – Ci fermeremo in Piazza San Marco.

Nel Campo di Ghetto Nuovo c'è il Museo Ebraico, che raccoglie preziosi oggetti di culto.

Per riconoscere le sinagoghe basta alzare gli occhi verso i piani superiori delle case: le cinque finestre e le lanterne che fanno capolino dai tetti indicano che quello è un luogo di preghiera. Le finestre delle sinagoghe sono cinque perché cinque sono i libri della Torah, che significa "Legge" ed è il corrispettivo ebraico del Pentateuco (cioè l'insieme dei primi cinque libri della Bibbia: Genesi, Esodo, Levitico, Numeri e Deuteronomio).

IL CANAL GRANDE IN GONDOLA, IL PONTE DI RIALTO

Qualche volta avevo sognato di andare in gondola. Ma non credevo che il sogno si sarebbe realizzato così presto.

– Ci porterà fino in Piazza San Marco – mi ha

detto Stefi quando ci siamo sedute accanto agli altri turisti sui sedili di velluto dell'imbarcazione.

La gondola scivolava lentamente sull'acqua ed era come essere in una strada piena di traffico. Solo che invece delle auto c'erano motoscafi, barche a remi di ogni tipo e vaporetti.

Il gondoliere portava un cappello di paglia con un nastro colorato e una maglietta a righe bianche e rosse. Remava in equilibrio sulla parte posteriore della gondola, con un unico, lunghissimo remo.

Siamo passati davanti a Palazzo Vendramin e alla Ca' d'Oro. Mi ha colpito molto la sua facciata: ha bellissimi trafori di marmo e tante merlature che si specchiano nell'acqua.

Al Ponte di Rialto, Stefi ha chiesto al gondoliere: – Potrebbe farci scendere qui? Vorrei arrivare in Piazza San Marco a piedi.

Lui ha alzato le spalle sorridendo, e ha risposto: – Come vuole, signora.

Il ponte era animatissimo e io mi sono soffermata a guardare il Canal Grande dall'alto. Era uno spettacolo che non avrei mai dimenticato.

Poi ci siamo intrufolate tra le bancarelle del

La gondola scivolava lentamente sull'acqua…

mercato di Campo San Giacomo di Rialto, e lì ho rischiato di perdere Stefi.

– È meglio che ti dia la mano – le ho detto. – Non voglio essere riportata in albergo dai carabinieri!

Il Canal Grande è il canale principale della città e ha la forma di una S rovesciata. È lungo 3 chilometri e 800 metri, è largo da 30 a 70 metri e, in media, è profondo circa 5 metri.

Il Ponte di Rialto è un arco di pietra di 28 metri di ampiezza e 7,5 metri di altezza. Nella parte centrale ha una scalinata, ai lati della quale si aprono numerose botteghe. Vi sono poi due scalinate più strette, esterne.

DALLE MERCERIE A PIAZZA SAN MARCO

Per arrivare in Piazza San Marco, abbiamo percorso un'antichissima e larga calle commerciale: Le Mercerie.

– Questa strada è affollatissima, oggi come lo era nel Medioevo – mi ha detto Stefi. – Guardati attorno!

Ho provato a immaginarmi Venezia nel Medioevo. Ma non ho avuto il tempo di pensarci e di interrogare Stefi, perché siamo giunte quasi di corsa in Piazza San Marco.

– Accipicchia, com'è bella! – ho esclamato.

– Qualcuno ha affermato che è il più bel salotto d'Europa – ha detto Stefi. – E aveva ragione!

Quanta gente! E quante lingue! Era quasi mezzogiorno, tutti camminavano gomito a gomito, e Stefi ha commentato: – Bisognerebbe venirci la mattina sul presto. A quest'ora si sta stretti come sardine in scatola.

Ma sono riuscita lo stesso a vedere tutto. Dalla Basilica di San Marco, ai cavalli di bronzo, al campanile, al Palazzo Ducale, alla Piazzetta San Marco.

E per finire, Stefi mi ha condotta davanti al Ponte dei Sospiri. Il ponte collega Palazzo Ducale alle Prigioni Nuove.

– Perché si chiama così? – ho chiesto a Stefi.

– Perché, secondo un detto, i prigionieri si struggevano di dolore davanti al paesaggio incantevole che vedevano per l'ultima volta dalle finestre del ponte, prima di finire in carcere.

Piazza San Marco ha una forma trapezoidale, misura 176 metri di lunghezza e 82 di larghezza.

La leggenda racconta che i veneziani trafugarono il corpo di san Marco da Alessandria d'Egitto, città della quale era stato vescovo. Il corpo fu messo in una cesta e trasportato su una nave. Per impedire ai musulmani di avvicinarvisi, il cadavere fu nascosto in mezzo alla carne di maiale. All'arrivo a Venezia, la reliquia fu posta nel castello del doge Giustiniano Partecipazio.

La basilica fu iniziata nel IX secolo, quasi completamente rifatta dopo l'XI, coperta con cupole in legno nel XIII secolo e da allora continuamente arricchita.

Il campanile, dopo il crollo del 1902, fu ricostruito identico al campanile in cotto degli inizi del XV secolo. È alto poco meno di 100 metri e termina con un angelo dorato che gira con il vento.

TRIESTE, LE RIVE, IL MOLO

Al momento di arrivare a Trieste, Stefi mi ha recitato questi versi:

Trieste ha una scontrosa
grazia. Se piace
è come un ragazzaccio aspro e vorace,
con gli occhi azzurri e mani troppo grandi
per regalare un fiore…

Poi ha aggiunto: – Li ha scritti un grande poeta, Umberto Saba, che nacque in questa città.

– Doveva amare molto Trieste.

– Trieste è una città aperta a tutti, dove convivono persone che la pensano in modo diverso.

– Così non c'è bisogno di farsi la guerra. Il mio maestro diceva che in questo mondo c'è spazio per tutte le idee.

Abbiamo scaricato le nostre valigie in albergo e siamo letteralmente corse sulle Rive, la strada che costeggia il mare. Trieste infatti si affaccia sull'Adriatico.

– Ah, che buon profumo di salsedine! – ho esclamato. Finora avevo visto soprattutto montagne, fiumi e laghi. Avevo proprio bisogno di un po' di mare. E, per avvicinarmi ancora di più alle onde, sono andata con Stefi sul Molo Audace e mi sono fermata proprio sulla punta, a osservare l'orizzonte. Era un bel pomeriggio di luglio, e l'acqua era appena increspata.

Quando mi sono girata per tornare sulle Rive, ho contemplato il profilo di Trieste. Il panorama di Trieste sul mare è bellissimo e indimenticabile.

PIAZZA UNITÀ D'ITALIA

Dopo cena, siamo andate in Piazza Unità d'Italia.

– Come sono belle le piazze del nostro paese – ho detto a Stefi. – Questa, poi, è meravigliosa.

Mi sono accorta subito che sul pavimento c'erano tante luci azzurre, e ne sono rimasta stupita.

– Curioso, eh? – ha detto Stefi. – A me sembrano molto carine, invece ad alcuni non piacciono. Dicono che la piazza, di notte, somiglia a una pista di atterraggio.

Stefi mi ha poi proposto di andare a vedere la statua della Principessa Sissi, che si trova nella piazzetta della stazione.

– Pensa che c'è chi viene a portare tutti i giorni dei fiori – mi ha raccontato, mentre contemplavo la bella principessa.

Passeggiare di notte è insolito per me. Lo faccio solo d'estate, quando sono al mare con i miei e fa troppo caldo per andare a letto.

Prima di tornare in albergo, ho respirato l'aria tiepida e ho detto a Stefi: – Meno male che siamo venute in un periodo in cui non soffia la Bora. Se ne sente parlare spesso in televisione, d'inverno.

– È un vento che infuria rabbioso. Una volta, i triestini che erano costretti a uscire di casa, per non essere trascinati via dalle raffiche, si afferravano a delle corde che venivano tese ai lati delle strade.

La Bora soffia da nord-est, ossia dall'Europa orientale.

A Trieste irrompe attraverso il valico di Postumia e prende forza nel dedalo delle costruzioni cittadine. Il varco tra le catene montuose attraverso il quale passa si chiama "Porta della Bora".

Questo vento gelido soffia con dei sibili lunghi e minacciosi che si chiamano "refoli". Si dice "Bora chiara" quando il cielo è sereno, "Bora scura" quando c'è maltempo.

IL CARSO

– Sai cos'è il Carso? – mi ha chiesto Stefi stamattina.

– Lo abbiamo studiato alle elementari. Il maestro ci ha spiegato che è un altopiano formato da un terreno calcareo, poroso. Perciò l'acqua riesce ad attraversarlo. E questo provoca la formazione di molte cavità sotterranee.

– Non potevi darne una definizione più precisa. Però un conto sono le notizie apprese sui libri, un altro le esperienze dirette. E io voglio fartene fare una speciale. Oggi andremo a visitare la Grotta Gigante.

Alle dieci eravamo davanti all'ingresso della grotta, che è situata a qualche centinaio di metri da Borgo Grotta Gigante.

Per arrivare in fondo, abbiamo percorso prima una serie di gradini di pietra, poi una corta galleria in discesa.

Arrivate a una porta, l'abbiamo oltrepassata e siamo giunte a un belvedere dal quale parte una grande scalinata.

Le stalattiti pendevano come spade sulle nostre teste e le stalagmiti si alzavano dal suolo come colonne lucide e splendenti.

– Ed eccoci nella caverna principale! – ha detto a un certo punto la nostra guida.

– Com'è grande! – ho esclamato. E ho pensato a

mio fratello Luca, che da grande vuole fare lo speleologo. Non so chi gli abbia messo questa idea nella testa. Lui ha paura del buio e, quando si va sottoterra per fare le esplorazioni, non c'è l'illuminazione artificiale come in questa grotta!

La caverna principale della Grotta Gigante è alta 107 metri, lunga 280 e larga 65. È così vasta che potrebbe comodamente contenere la Basilica di San Pietro. Infatti nel 1995 è stata inserita nel "Guinness dei Primati" come la più grande caverna turistica del mondo.

Le due ampie gallerie che portano alla caverna sono i resti di un grande sistema carsico sotterraneo che migliaia di anni fa inghiottiva due torrenti.

La "Sala dell'Altare", una vasta caverna all'estremità di quella principale, è un'altra delle tappe della visita.

GORIZIA

Oggi siamo andate a Gorizia, al confine con la Slovenia. Gorizia è una bella città e ha un clima piacevole.

Verso metà mattina, Stefi mi ha accompagnata nel Parco di Villa Coronini-Cronberg.

Ci siamo sedute all'ombra di un albero secolare e abbiamo parlato di noi e del nostro viaggio.

– Grazie per l'opportunità che mi stai offrendo – le ho detto.

– Sei la compagna di viaggio ideale – mi ha detto lei. – Hai le mie stesse curiosità e ti entusiasmi per le cose che entusiasmano me. Ho paura che ci somigliamo fin troppo.

– Perché?

– Perché nessuno dev'essere la copia di un altro.

– Io non sono e non voglio essere la tua copia. Voglio solo condividere con te delle cose belle. Tu hai una vita interessante, e io vorrei che la mia fosse almeno simile alla tua. Faccio male?

– Non credo. Da piccoli bisogna coltivare grandi sogni.

Poi abbiamo percorso una parte del centro storico di Gorizia. Ci siamo dirette verso il castello medievale, che abbiamo ammirato dal di fuori, e infine siamo andate a guardare il fiume Isonzo dai parapetti del Ponte XI Agosto.

Il 28 aprile 2001 Gorizia ha festeggiato i suoi mille anni. La città, infatti, viene citata ufficialmente per la prima volta il 28 aprile 1001, in un documento nel quale l'imperatore Ottone III dona il castello di Sylicanum e la "villa" (cioè la città) chiamata "Goritia" per metà al patriarca di Aquileia e per l'altra metà al conte del Friuli Guariento, della casata degli Eppenstein.

Il nome Gorizia deriva dall'antico termine slavo "gorica", che significa "montagnola".

REDIPUGLIA

Nel pomeriggio siamo salite a Redipuglia.

– Il Sacrario Militare di Redipuglia è un museo all'aperto – mi ha detto Stefi. – Raccoglie i resti di centomila soldati della Prima Guerra Mondiale, caduti durante le battaglie tra le truppe italiane e quelle austroungariche.

– Centomila morti! – ho esclamato.

– E furono solo una parte dei caduti di quella terribile guerra.

– Perché si fanno le guerre, Stefi?

– Come faccio a risponderti, visto che questa domanda me la pongo spesso anch'io e non riesco a trovare una ragione logica? Penso che ci siano altri modi per risolvere i contrasti tra le nazioni e le persone. Ma gli uomini purtroppo sono spesso troppo pigri per trovare le soluzioni migliori e quelle più giuste.

Ho pensato che i morti sepolti nel Sacrario avevano avuto un nome e una storia, un padre e una madre, un fratello o una sorella, una moglie, dei figli. La guerra aveva spezzato le loro vite e i loro affetti. Chissà quanti di loro erano morti giovanissimi e non avevano visto realizzato nemmeno uno dei loro sogni…

– Stai bene, Valentina? – mi ha chiesto Stefi quando ho cercato la sua mano.

Ho fatto di sì con la testa. Ma non era vero. Provavo dolore, delusione e rabbia, e non sapevo a chi dare la colpa.

– Forse non avrei dovuto portarti in questo posto – ha mormorato Stefi.

– Hai fatto benissimo, invece. Non è chiudendo gli occhi che le cose migliorano. Io mi sforzerò di tenerli sempre aperti e cercherò di ragionare con la mia testa e senza pregiudizi. I problemi, le difficoltà vanno affrontati con coraggio e serenità...

Il Sacrario di Redipuglia occupa l'intera fiancata di una collina carsica.

La scalinata che vi accede (costituita da 22 enormi gradini) s'inerpica fino alla sommità della collina. In cima ci sono tre croci, una cappella e un osservatorio. Dall'osservatorio è possibile vedere la cerchia dei monti al di là del fiume Isonzo.

RAVENNA, CAPITALE DEL MOSAICO

Adesso puntiamo a sud, verso l'Emilia Romagna – mi ha detto Stefi. – Ma prima di andare a Bologna, voglio farti visitare Ravenna, che è la capitale del mosaico.

– I mosaici sono come dei puzzle in cui però i pezzi sono di pietra o di vetro, no? – ho chiesto a Stefi.

– È vero. Tessera dopo tessera, si compongono dei disegni meravigliosi.

La prima chiesa dove mi ha condotta Stefi è stata quella di Sant'Apollinare in Classe: mi ha molto colpito il suo campanile cilindrico. Poi è stata la volta di quella di Sant'Apollinare Nuovo e di San Vitale.

Mosaici, mosaici dappertutto. Non riuscivo a saziarmi. Avrei voluto provare a disfarli e a ricomporli a memoria. Chissà quanto tempo e quanta pazienza ci avevano messo quelli che li avevano pensati e realizzati!

– Tutte le cose belle richiedono tempo e pazienza – mi ha detto Stefi. – Ma ne vale la pena, perché poi restano a lungo, se nessuno le distrugge.

Il mosaico che più mi ha affascinata, però, è quello che sta proprio al centro della volta del Mausoleo di Galla Placidia, imperatrice del tardo Impero Romano. Sono rimasta a lungo a fissare la croce celeste che splende tra le stelle del cielo.

A Ravenna, altri luoghi da non perdere oltre a quelli citati sono il Mausoleo di Teodorico, i battisteri, il Museo Nazionale e quello Arcivescovile.

LE PINETE

– **Anche le pinete di Ravenna** sono famose – mi ha detto Stefi. – C'è quella di San Vitale e quella di Classe.

La Pineta di Classe mi è piaciuta davvero tanto: – Quanti pini! – ho esclamato. – Saranno migliaia.

Io non conosco bene le piante. Stefi, invece, è molto competente e si è divertita a mostrarmi tutte quelle che affollavano la pineta: dall'erica al lentisco. E poi mi ha insegnato i nomi degli arbusti: il ligustro, il prugnolo, il sorbo, il nespolo...

Era bello passeggiare tra gli alberi e ascoltare il canto degli uccelli.

– Non hai idea di quanti uccelli ci siano sopra le nostre teste e intorno a noi – mi ha detto Stefi.

– C'è anche l'usignolo? – le ho chiesto.

– Ci sono l'usignolo e la capinera, lo scricciolo e il pettirosso, la cinciallegra e il cardellino, il fringuello, la gazza e tanti, tanti altri.

«Peccato non poterli vedere da vicino» ho pensato. E prima di uscire dalla pineta, ho detto a Stefi: – Chiudiamo gli occhi e restiamo zitte.

Ho appoggiato la schiena a un tronco, ho pensato alle migliaia di volatili che sembravano cantare la gioia per la libertà di cui godevano e ho immaginato di avere le ali e di confondermi con loro.

– Andiamo, Valentina?

Alle parole di Stefi mi sono stropicciata gli occhi, le ho dato una mano e sono uscita dalla pineta che ero ancora incantata. La natura spesso ci regala delle sorprese meravigliose!

Le pinete di Ravenna hanno una lunga storia e fanno parte del Parco Regionale del Delta del Po.

Anche Marina di Ravenna e Punta Marina hanno una grande pineta dove chi vuole può fare passeggiate e dedicarsi allo jogging seguendo i molti percorsi attrezzati.

SAN MARINO, BOLOGNA...

– Non possiamo non fare una visitina a San Marino – mi ha detto Stefi. – È stata fondata nel 301 ed è la più antica repubblica del mondo.

Mentre salivamo sul Monte Titano, in cima al quale è abbarbicata San Marino, Stefi mi ha raccontato la storia del santo che le ha dato il nome: Marino, un umile tagliapietre, era arrivato dalla Dalmazia e si era stabilito in cima al Titano, dove fondò una piccola comunità di uomini poveri e religiosi.

Ho avuto solo il tempo di comprare dei francobolli per Ottilia, che li colleziona da quando andava all'asilo, e siamo subito ripartite per raggiungere Bologna.

– Sai che io ho studiato all'università di Bologna? – mi ha detto Stefi. – Sono anni che ricordo con gioia. Avevo tanti amici e ne scoprivo di nuovi a ogni passo che facevo in città. Era bello passeggiare sotto i portici, fermarsi a chiacchierare in Piazza Maggiore, gironzolare per il centro storico fino a ora tarda. Manco da Bologna da molti anni e sono contenta di tornarci con te.

– Stefi, ci si può innamorare di una città?

– Certo! Tu non sei innamorata di Torino, forse?

– Io pensavo a una città dove non sei nata e che hai conosciuto per caso.

– Per innamorarsi di una città, bisogna innamorarsi di una piazza, di un ponte o di una via. Ma in quella piazza, su quel ponte o in quella via devi innamorarti anche di una persona in carne e ossa. Soltanto allora scopri il cuore vero della città, e te lo porti dietro dovunque tu vada.

– Vediamo se riesco a innamorarmi anche io di Bologna? Non ho l'innamorato, ma fingerò di avere Tazio accanto a me. Dove andiamo per prima cosa?

– In Piazza Maggiore, naturalmente.

Quando ci sono arrivata, ho capito il senso di quel "naturalmente". E sono rimasta a fissare la strana facciata della chiesa di San Petronio.

Il centro storico di Bologna conserva il suo aspetto medievale: da Piazza Maggiore, nella quale domina la chiesa di San Petronio, partono a raggiera le vie principali. A vederle dall'alto, dividono Bologna in tanti spicchi. Una caratteristica della città sono i portici, che si sviluppano per ben 35 chilometri.

Bologna è sede della più antica università d'Europa.

LE PIAZZE, LE TORRI

La facciata di San Petronio è strana perché è incompleta. La sua copertura di marmo, infatti, riveste solo la parte inferiore dell'edificio.

In alto, la chiesa è rossa.

– Il rosso è il colore di Bologna – mi ha detto Stefi. – E più tardi ti dimostrerò perché.

Uscite da San Petronio, Stefi ha svoltato a destra e mi ha guidata verso Piazza del Nettuno, dove c'è la fontana con la famosa statua del dio marino, che i bolognesi chiamano anche "il Gigante".

Di fronte alla fontana c'è il Palazzo di Re Enzo, con la sua caratteristica merlatura.

Lì vicino c'era la Libreria dei Ragazzi "Giannino Stoppani", e ho voluto visitarla. Me l'ha mostrata una delle libraie: Grazia Gotti. Così ho potuto aggiungerla alle altre che avevo visto: quella di Torino di Anna Parola, quella di Milano di Roberto e Gianna Denti, quella di Vicenza di Alberto Galla e "Librolandia" di Bolzano.

– Mi piacerebbe avere una libreria per ragazzi tutta mia – ho detto a Stefi. – Inviterei le scuole della mia città e gli scrittori a leggere i libri ad alta voce. Vorrei un luogo allegro e pieno di gente, dove libri e illustrazioni fossero al centro dell'attenzione!

Io amo leggere: spesso, quando sono a casa, mi ritaglio dei momenti tutti per me: prendo un libro, mi sprofondo in una poltrona, mi sdraio sul letto, mi allungo sul tappeto del salotto e mi immergo in quelle pagine affollate di parole e di pensieri.

È come entrare in un mondo parallelo al nostro, che prende vita solo quando qualcuno decide di aprire la copertina del libro.

Dopo essere uscite dalla libreria, ho chiesto a Stefi di spiegarmi come mai il rosso è il colore di Bologna.

– Andiamo alle Torri, allora! – mi ha detto lei.

– Quella degli Asinelli e la Garisenda?

– Brava! Vedo che hai studiato bene!

– E chi non le conosce?

Da Piazza Maggiore si prende Via Rizzoli e si arriva a Porta Ravegnana, un punto importante della città, al cui centro sorgono le due torri pendenti.

La Torre degli Asinelli è stata costruita nei primi anni del XII secolo, è alta 97,20 metri e larga 8.

La Torre Garisenda oggi tocca i 48,16 metri. In realtà era più alta ma, per un cedimento del terreno sottostante, cominciò a inclinarsi. E così, tra il 1351 e il 1360, Giovanni da Oleggio la fece accorciare, per paura che precipitasse.

BOLOGNA DALL'ALTO

Stefi aveva proprio ragione.

Dalla Torre degli Asinelli si vedeva l'orizzonte e, soprattutto, la città vecchia con i suoi portici: che vista meravigliosa!

Le case e i tetti erano tutti rossi e arancio! Un po', ma solo un po', mi ricordavano i tetti del centro di Torino, che avevo visto dalla Mole Antonelliana.

A me piacciono le case moderne perché hanno tutte le comodità: dall'acqua calda ai termosifoni. Ma anche le case antiche mi piacciono, proprio perché sono così vecchie.

Quando qualcosa è vecchio, è anche ricco di fascino. Perciò mi aspetto sempre di scoprire curiosità e misteri in tutto ciò che esiste da centinaia d'anni.

Mentre guardavo il centro di Bologna, mi sono chiesta com'erano le piazze e le vie tanti secoli prima, quali persone le percorrevano, come si vestivano, di cosa parlavano...

E i bambini a cosa giocavano? Per quali motivi bisticciavano o facevano amicizia? Dato che non c'erano le scuole pubbliche, potevano incontrarsi solo per strada. E cosa facevano quando tornavano a casa? La televisione non c'era, non c'era la luce elettrica, e chissà come doveva essere stare al buio.

Ero sorpresa dai pensieri che mi affollavano la mente, mentre lo sguardo andava da un tetto all'altro, da un portico all'altro, da una piazza all'altra.

Poi, quando siamo scese, mi è venuta fame.

– Vuoi assaggiare una piadina? – mi ha chiesto Stefi.

– Non so cosa sia, ma in questo momento mangerei qualunque cosa – le ho risposto.

La piadina, tipica dell'Emilia Romagna, è una sottile focaccia che si cuoce su una lastra di pietra arroventata. Sostituisce il pane e accompagna i pasti. È eccellente con il prosciutto crudo e un formaggio morbido.

– Vuoi assaggiare una piadina? – mi ha chiesto Stefi.

LIGURIA

IL PASSO DELLA CISA, LE CINQUE TERRE

– Arriveremo in Liguria dal Passo della Cisa e attraverseremo anche un pezzettino della Toscana, cioè la Lunigiana – mi ha detto Stefi. – Il Passo della Cisa è molto tranquillo, vedrai. Non ti verranno le vertigini!

E così è stato. Si andava su e giù, ma le salite non erano mai molto ripide.

Stefi ha accostato poco prima di Cassio per farmi vedere il Salto del Diavolo. È un posto pieno di dirupi e di creste spettacolari.

– Chissà perché c'entra sempre il diavolo, quando ci sono burroni e dirupi – ho detto.

– Gli uomini cercano sempre qualcuno a cui dare la colpa per le cose che non piacciono o che mettono paura. Anche se non è per niente giusto, si capisce.

– Per me paesaggi come questo sono belli e basta. E se mettono i brividi, sono ancora più belli!

Abbiamo attraversato la valle del fiume Magra, siamo passate da Pontremoli, abbiamo puntato verso La Spezia e abbiamo continuato la nostra corsa verso le Cinque Terre. Stefi me ne ha parlato durante il viaggio lungo l'autostrada A15 e mi ha stregata ancor prima che potessi vederle con i miei occhi.

– Le Cinque Terre vanno viste a piedi, per godersele appieno – mi ha detto Stefi. – E siccome c'è una fitta rete di sentieri che le attraversa, la gita è facilissima e le emozioni sono assicurate.

"Cinque Terre" è il nome che si dà a cinque villaggi di pescatori arroccati sulle coste rocciose, a picco sul mare. Il paesaggio naturale nel quale sono collocati è splendido e incontaminato.

Questi villaggi sono Riomaggiore, Manarola, Corniglia, Vernazza e Monterosso.

IL SENTIERO AZZURRO, I DELFINI E LE BALENE

– Ma come hanno fatto? – ho chiesto a Stefi indicando i muretti a secco con i quali erano state terrazzate le colline delle Cinque Terre.

– Ci sono voluti centinaia di anni. Ma ce l'hanno fatta. Adesso si tratta di non farli crollare.

Ero strabiliata. Su quelle strisce di terra c'erano soprattutto vigneti e Stefi mi ha detto che la gente del posto produce un'uva molto buona.

Poi ho osservato il panorama meraviglioso che si apriva davanti ai miei occhi dai sentieri che percorrevo insieme a Stefi.

Abbiamo fatto quasi tutto il Sentiero Azzurro, che attraversa le Cinque Terre. Il primo tratto, che collega Riomaggiore a Manarola, si chiama "Via dell'Amore". È un sentiero scavato nella roccia e Stefi ha voluto che lo percorressimo al tramonto.

Fatelo anche voi, e rimarrete senza fiato a contemplare il sole che si tuffa nel mare.

– È bellissimo – ho mormorato. – Chi avrebbe mai immaginato che esistesse una terra così, un mare così, un mondo così? E non c'è bisogno di prendere navi e aerei per raggiungerlo.

– Non è tutto – ha detto Stefi. – Il mare delle Cinque Terre è speciale per un'altra ragione. In questo tratto, infatti, si possono incontrare i delfini e le balene.

Dopo cena, ho telefonato a Tazio e a Ottilia. Volevo raccontare loro le cose bellissime che avevo visto: – Beata te! – ha esclamato Ottilia.

E io mi sono sentita davvero fortunata.

Oggi le Cinque Terre sono un parco nazionale e un'area marina protetta. Al pari di pochi altri siti in tutto il mondo, sono state classificate "Patrimonio Mondiale dell'Umanità" dall'Unesco.

PORTOFINO

– Prima di andare a Genova, faremo tappa a Portofino – mi ha detto Stefi.

– È quel posto dove vanno gli attori del cinema e la gente famosa? – le ho chiesto.

– Sì, ma noi daremo solo un'occhiata alla famosa piazzetta. Voglio che visiti soprattutto il parco naturale che gli sta alle spalle.

A Portofino le auto non entrano. E meno male: il porto è tanto piccolo! Il parco lo abbiamo visitato solo in parte, perché non avevamo molto tempo a disposizione. Mi ha sorpreso vedere insieme, così vicino al mare, gli ulivi, i pini, i lecci e i castagni.

– Questa cosa confonde un po' le idee che mi sono fatte studiando geografia – ho detto a Stefi.

– Le cose che si imparano sui libri vanno sempre confrontate con la realtà.

– Parli proprio come una professoressa. Però non sei noiosa. Hai mai pensato di insegnare?

– Non ne sarei capace. Per stare con i ragazzi bisogna avere testa e cuore fatti in un certo modo.

– Secondo me tu ce li hai.

– Ne riparliamo dopo aver visto Genova, Valentina. Genova è una città che mi affascina. Peccato che il suo dialetto sia tanto complicato da capire. Per me, naturalmente.

Il promontorio di Portofino è protetto dal 1935. Ospita una notevole varietà di piante, di uccelli e di invertebrati. Nel parco confluiscono, per così dire, tre civiltà: quella dei pescatori, quella dell'ulivo e quella del castagno.

Lo sperone roccioso del Promontorio si protende verso il mare aperto, ha coste a strapiombo e fondali tra i più vivi e intatti del Mediterraneo.

GENOVA, LA LANTERNA

"Quel giorno non avrei mai creduto di arrivare fino al punto di sentirmi attratto perfino dalle pietre delle vie di Genova, e di ripensare a quella città con affetto, come al luogo in cui avevo passato molte ore di quiete e di felicità."

Charles Dickens, 1843

Stefi ha letto queste parole sul suo blocco di appunti.

– Sai chi è Dickens? – mi ha chiesto.

– È quello che ha scritto *David Copperfield* – le ho risposto.

– È l'autore di romanzi dai quali chi vuole scrivere può imparare molte cose.

– Che cosa mi farai vedere per prima?

– La famosa Lanterna.

Quando l'ho osservata da sotto in su, ho pensato che era il primo faro che vedevo.

Poi ho guardato il mare, e mi sono immaginata una nave in balia delle onde che cercava disperatamente di arrivare in porto.

Dev'essere terribile trovarsi su un'imbarcazione in procinto di fare naufragio!

Una volta ho letto un racconto in cui si parlava del guardiano di un faro, e per qualche settimana ho desiderato anch'io fare questo mestiere. Poi ho pensato che non avrei potuto sopportare una così lunga solitudine. A meno di non avere una bella scorta di libri a disposizione. Ma mentre leggevo, chi si sarebbe occupato del faro?!

Il faro della Lanterna fu costruito nel XV secolo. Ma, dal luogo in cui sorge, già da molto tempo prima si segnalava alle navi l'imboccatura del porto.

All'inizio si utilizzavano semplici fuochi.

Nel Medioevo, i vetri della Lanterna venivano cambiati ogni 50 o 60 anni. Nel 1405 si spesero moltissimi soldi per questa operazione: furono usati 913 dischi di vetro (per un peso di 15 quintali) e 110 quintali di piombo. Insieme ai vetri, furono sostituite anche le 52 lampade che bruciavano a olio, un bene prezioso, che veniva custodito all'interno di Palazzo Ducale.

I CARRUGGI

– Stai per visitare il centro storico più grande d'Europa – mi ha detto Stefi al momento di entrare nella Genova medievale.

Quasi subito ci siamo infilate in un dedalo di stradine, che sarebbero state perfette per giocare a nascondino.

– Si chiamano "carruggi" – mi ha detto Stefi.

– È la prima volta che li sento nominare. Grazie, ho imparato una nuova parola.

Ma, girando come una trottola con Stefi, ho imparato parecchie altre cose sul centro storico di Genova.

Per esempio, ho notato che in ogni strada c'erano palazzi, chiese, monumenti. Mai, come in questo caso, mi è venuto da pensare che ogni città ha una storia, un centro, un cuore. Intorno, la città cresce, muore, rinasce. Chi viene dopo, forse, si dimentica di chi c'era prima. Ma certe cose non le puoi dimenticare.

Per questo mi piace la storia. È come andare indietro nel tempo un passo dopo l'altro: dal figlio al padre, dal padre al nonno, dal nonno al bisnonno, fino ad arrivare… dove? Mah, chissà se si saprà mai.

Beh, almeno fino a Colombo ci arrivo. Era genovese, lui. E non fece una cosa da niente: scoprì l'America!

Stefi mi ha vista soprappensiero e non ha voluto disturbare le mie riflessioni. Ma a un certo punto ha detto: – Adesso prendiamo Via Luccoli e andiamo nella zona del Porto Antico. È stata ristrutturata in occasione dei festeggiamenti per i cinquecento anni dalla scoperta dell'America da parte di Cristoforo Colombo.

– È proprio a lui che pensavo!

Genova si estende per 30 chilometri sull'arco costiero da Nervi a Voltri. Si ritiene che le sue origini risalgano al V secolo a.C.

La città però conobbe il suo massimo splendore nel XII secolo, quando diventò la più importante delle Repubbliche Marinare. Le altre erano Venezia, Pisa e Amalfi.

L'ACQUARIO

– **Nel Porto Antico** si trova l'Acquario di Genova. È il più grande d'Europa – mi ha detto Stefi. – Immagino che vorrai visitarlo.

– Altroché! Ne ho sentito parlare tantissimo dalla mia amica Giulia. Mi ha raccontato di vasche enormi e persino di squali.

– Tutto vero. Tra poco controllerai tu stessa, così potrai raccontare anche tu.

Avete mai desiderato camminare sotto il mare,

vedere con i vostri occhi e toccare con mano tutte le creature che ci vivono?

Allora andate all'Acquario di Genova e il vostro desiderio sarà esaudito.

Sono rimasta letteralmente affascinata davanti alla vasca delle meduse, a quelle delle foche, degli squali, delle otarie e dei pesci della barriera corallina.

– La nostra storia comincia dall'acqua – ha osservato Stefi. – E non dobbiamo permettere che questo mondo sommerso meraviglioso venga distrutto.

ALCUNI DATI SULL'ACQUARIO DI GENOVA

61 vasche espositive che riproducono ambienti marini e terrestri di tutto il mondo.

6.000 animali che appartengono a 500 differenti specie.

6.000.000 di litri d'acqua in tutte le vasche dell'Acquario.

250 metri è la lunghezza della struttura.

9.700 metri quadrati è lo spazio occupato dall'esposizione.

100 metri quadrati è la misura della vasca tattile (che permette ai visitatori di toccare gli organismi che ospita).

Sono rimasta letteralmente affascinata

davanti alla vasca delle meduse, a quella delle foche...

DALLA VERSILIA A PISA

– E adesso dietrofront! La Toscana ci aspetta – ha detto Stefi allacciandosi la cintura di sicurezza.

Abbiamo attraversato in fretta la Versilia e abbiamo puntato verso Pisa.

Era bello costeggiare il mare, guardare le persone allungate sulla spiaggia. A Pisa non ero mai stata ed ero ansiosa di vedere la Torre, che pende e non cade. Per fortuna!

– Pensi che prima o poi verrà giù? – ho chiesto a Stefi.

– So che hanno

trovato finalmente il modo per raddrizzarla un po'. Ma non del tutto, anche perché perderebbe il suo fascino e nessuno verrebbe più a vederla!

Quando mi sono trovata nel Campo dei Miracoli, ho pensato che la Torre, pendente o no, merita di essere vista insieme a tutto il resto: il Duomo, il Battistero e il Camposanto (vale a dire l'antico cimitero).

– Che posto affascinante! – ho esclamato.

E ho pensato che chissà quanti altri visitatori avevano detto la stessa cosa. Ma per me era la prima volta.

– Saliamo sulla Torre? – ho chiesto a Stefi.

– Naturalmente.

Arrivata nel punto più alto, mi sono affacciata per guardare in basso.

E, d'istinto, mi è venuto da girarmi per trattenere la Torre dal cadere in avanti!

Il 1173 è l'anno di inizio dei lavori di costruzione della Torre. Ma già nel 1179 avviene un cedimento nel terreno e la Torre s'inclina. Ed era arrivata appena al terzo dei sette piani progettati!

Nel 1278, tuttavia, si arriva al settimo piano e nel 1350 l'opera viene completata con la cella campanaria.

FIRENZE, IL DUOMO E IL CAMPANILE DI GIOTTO

Dopo una passeggiata per le vie del centro di Pisa, siamo ripartite per Firenze.

– Firenze! È vero che è una delle città più belle del mondo? – ho chiesto a Stefi.

– Dire bella è dire poco. Firenze è come uno scrigno che contiene ciò che di più alto e di più bello ha concepito la mente umana.

– Da dove cominciamo?

– Dalla piazza che trovi su ogni cartolina.

Abbiamo lasciato l'auto lontana dal centro e ci siamo dirette a piedi verso Piazza del Duomo.

Avevo già visto sia in cartolina sia sul mio sussidiario il Duomo di Santa Maria del Fiore e il Campanile di Giotto.

Ma quando me li sono trovati davanti in tutta la

loro imponenza ed eleganza, ho sgranato gli occhi.

Quei marmi… com'erano belli! Ti veniva voglia di sfiorarli, di toccarli, di accarezzarli. Bianchi, verdi, rosa…

– Ci vogliono tanto tempo e tanta abilità, ma anche tanto amore per costruire monumenti del genere – ha osservato Stefi. – Dato che la cattedrale era diventata troppo grande, non si sapeva come fare per realizzare la cupola. Ma ci pensò Brunelleschi grazie a delle soluzioni geniali. Ed eccola lì. Dopo il Pantheon di Roma nessuno aveva costruito una cupola simile!

LA CUPOLONA DEL DUOMO DI FIRENZE

Stefi sembrava entusiasta, come una bambina che fa una scoperta inattesa. E io mi sono entusiasmata insieme a lei.

– Dentro il campanile c'è una scala che permette di arrivare fino in cima. Hai voglia di salire? – mi ha chiesto.

Una volta lassù, la vista di Firenze era di quelle che lasciano senza fiato. E un po' ho capito perché tanta gente arriva da così lontano solo per dire: «Anch'io ci sono stato».

Santa Maria del Fiore è lunga 136 metri e larga 38, ed è per dimensioni la quarta chiesa al mondo. Venne iniziata l'8 settembre del 1296. La facciata della cattedrale rimase incompiuta per molti secoli. Solo nel 1877 fu portata a termine quella attuale, utilizzando gli stessi marmi delle pareti laterali.

L'ARNO, IL PONTE VECCHIO, IL CORRIDOIO DEL VASARI

Stefi mi ha fatta entrare anche in Santa Croce.

– In questa basilica sono sepolti Galileo, Machiavelli, Michelangelo e tanti altri italiani famosi – mi ha detto. – Adesso questi nomi non ti dicono molto. Ma ben presto li incontrerai nei tuoi studi.

Dal Ponte di Santa Trinita abbiamo scattato una foto al Ponte Vecchio.

– Il Ponte Vecchio è davvero il ponte più antico di Firenze – mi ha spiegato Stefi. – Fu l'unico ponte che Hitler non fece abbattere dai suoi mentre si ritiravano. E quello che scorre sotto le sue arcate è l'Arno. Adesso ha poca acqua, ma quando si gonfia per le piogge combina terribili disastri. Nel 1966 un'alluvione rischiò di travolgere gran parte del patrimonio artistico della città, e nessuno l'ha dimenticata.

– In macchina mi hai parlato del Corridoio del Vasari. Che cos'è precisamente?

– Si tratta di un corridoio coperto lungo quasi un chilometro, che unisce Palazzo Vecchio a Palazzo Pitti, al di là dell'Arno. Parte da un punto della Galleria degli Uffizi, scende verso l'Arno, lo fiancheggia passando su grandi arcate e poi corre sopra le botteghe di Ponte Vecchio. Vediamo se c'è una visita di gruppo e ci accodiamo agli altri.

Siamo state fortunate. E così ho potuto vedere, in un punto del Corridoio, la collezione degli Autoritratti dei più famosi maestri della pittura, dal XVI secolo fino al Novecento.

Stefi mi ha proposto di lasciare il corridoio del

Vasari all'uscita del giardino di Bòboli, il parco di Palazzo Pitti, e il resto della mattinata lo abbiamo passato in una specie di paradiso terrestre, tra ombre e giochi di luce, siepi e alberi altissimi.

Ponte Vecchio fu costruito nel 1345 per sostituire l'antico ponte di epoca romana, più volte abbattuto dalle piene dell'Arno. È famoso per le botteghe di orafi che ospita.

La Galleria degli Uffizi è uno dei più importanti musei del mondo. L'edificio, che si trova tra Palazzo Vecchio e l'Arno, fu costruito fra il 1560 e il 1580. Il progetto e l'esecuzione furono affidati al Vasari dal duca Cosimo I de' Medici.

Da Botticelli a Leonardo, da Michelangelo a Caravaggio, da Rembrandt a Raffaello: la quantità dei capolavori che contiene sembra infinita.

SIENA, PIAZZA DEL CAMPO

– In un'antica iscrizione sulla Porta Camollia è scritto che Siena è il luogo che "più di qualunque altro ti apre il cuore" – mi ha raccontato Stefi. – Non ci sono mai stata, ma so che è una città straordinaria, non solo per il suo patrimonio artistico, ma anche perché si conduce una vita tranquilla. Pare che i senesi non conoscano la fretta.

– Manderei qui qualcuno che conosco – ho detto. E ho pensato a una vicina di casa che si muove sempre come una molla, come se si aspettasse la fine del mondo da un momento all'altro!

– La scopriremo insieme – mi ha detto Stefi.

Abbiamo percorso dei vicoli molto stretti e, quasi senza volerlo, siamo finite in Piazza del Campo. È stata una bella sorpresa trovarsi al centro di una piazza (un'altra!) davvero stupenda.

– È questa la piazza nella quale si tiene il famoso Palio? – ho chiesto a Stefi.

– È proprio questa.

– Guarda che torre!

– È la Torre del Mangia.

– Che nome strano.

– Il soprannome dell'incaricato che doveva battere le ore dalla torre era "Mangiaguadagni". È da lui che la torre fu detta "del Mangia". Credi di avere abbastanza fiato? Se la risposta è sì, potremmo salire fino in cima.

– Andiamo.

La torre è alta ottantotto metri e quando sono arrivata in cima con la lingua fuori, Stefi mi ha detto: – Sai quanti scalini abbiamo salito? Cinquecentocinque!

Ho pensato di svenire. Ma non l'ho fatto, perché non ho voluto perdermi la vista mozzafiato sulla città e sulla campagna circostante.

Piazza del Campo ha la forma di un conchiglia. Se ne parla per la prima volta in un documento del 1169. Intorno al XIV secolo, con la costruzione del Palazzo Pubblico, assunse il suo aspetto definitivo. È in questa piazza che, attraverso i secoli, hanno avuto luogo i principali avvenimenti della storia senese, compreso il Palio, che continua a essere corso anche oggi.

IL PALIO

– L'anno scorso ho visto il Palio in televisione – ho detto a Stefi. – Ricordo che un cavallo ha rischiato di spezzarsi le gambe. Perché è così importante vincere questa gara?

– Bisogna essere senesi, per capirlo.

– Io queste rivalità fra rioni di una stessa città non le capisco.

– Attenta a come parli, Valentina. Quando si tratta di Siena, i rioni vanno chiamati obbligatoriamente “contrade”. È il nome che avevano tra il XII e il XIII secolo, quando furono costituite come organi decentrati del Comune.

– Quando si tiene il Palio?

– Il 2 luglio e il 16 agosto.

– In televisione ho visto che la piazza era affollatissima.

In quel momento però era quasi vuota, mi sentivo protetta dalle facciate delle case che l’attorniavano, e l’ho preferita così. Il silenzio e la calma rendono più affascinanti i posti che si vedono.

La nascita del Palio, come evento inserito nel calendario di Siena, risale al 1656.

Le contrade inizialmente erano 42, poi diventarono 23, finché nel 1730 il loro numero fu ridotto definitivamente a 17. Eccole: Aquila, Bruco, Chiocciola, Civetta, Drago, Giraffa, Istrice, Liocorno, Lupa, Nicchio, Oca, Onda, Pantera, Selva, Tartuca, Torre, Valdimontone.

MARCHE

URBINO E IL PALAZZO DUCALE

– **Le Marche** sono una terra ballerina, purtroppo – ha osservato Stefi mentre superavamo gli Appennini. – Hanno subito terremoti anche in anni recenti. Uno ha colpito insieme Marche e Umbria, il 26 settembre 1997.

– Dev’essere terribile sentirsi tremare la terra sotto i piedi – ho detto. – A Torino mi è capitato solo una volta di vedere oscillare il lampadario della mia stanza, ed ero già pronta a filare a razzo in strada. Poi, per fortuna, non è successo nient’altro. Dove siamo dirette ora?

– A Urbino.

– Dove c’è quel famoso palazzo...?

– Il Palazzo Ducale dei Montefeltro. Un vero gioiello. Il Palazzo e la città sono tutt'uno e non si riesce a immaginare l'uno senza l'altra.

In questi giorni ho visitato molte città, ma non saprei dire qual è la più bella di tutte. Ho capito che ciascuna è bella a modo suo e che non somiglia a nessun'altra.

Come Urbino, appunto.

– Che splendida città! – ho esclamato quando ci è comparsa davanti.

– Andiamo subito a vedere il Palazzo Ducale – mi ha detto Stefi. – E vediamo se apri la bocca o sgrani gli occhi.

Naturalmente ho fatto tutt'e due le cose...

Quelle torri rotonde, con le finestre che sembravano occhi aperti sul mondo, erano incredibili.

– Si chiamano Torricini – ha detto Stefi. – E adesso guardati intorno.

L'aria era limpida e con lo sguardo ho abbracciato un panorama che andava dagli Appennini al mare.

– Italia, sei proprio bella! – ho esclamato. E ancora una volta ho detto: – Grazie, Stefi.

Urbino è adagiata sui colli della valle del fiume Metauro. È sede di una famosa università.

Fu Federico II di Montefeltro a iniziare nel 1465 la ricostruzione del palazzo di famiglia, che diventò uno dei centri della vita culturale del Rinascimento.

I sotterranei del palazzo sono vasti e ci si perde in locali enormi, come le lavanderie o quello per raccogliere la neve, che veniva usata al posto del ghiaccio.

LA COSTA DEL CONERO: PORTONOVO, SIROLO

– Non te l'aspettavi, eh? – mi ha chiesto Stefi.

No, non me l'aspettavo proprio. Da Pesaro a Fano, a Senigallia, la costa adriatica era sempre uguale.Poi, di colpo, ecco quella specie di promontorio, o sperone roccioso, che finiva a strapiombo sul mare.

– È il Monte Conero – mi ha spiegato Stefi. – È come una grossa zampa protesa sul mare. E non abbiamo ancora visto niente...

Ho capito che cosa intendeva dire Stefi quando ho visto la baia di Portonovo, lo scoglio chiamato "il Trave" che si allunga nel mare come la lama di un coltello affilato, gli Scogli delle Due Sorelle che sembrano affiorare dall'acqua come per un incantesimo, il paesino di Sirolo...

– Non mi basterebbero dieci diari per annotare tutte queste meraviglie. Non ho mai visto un'acqua così limpida. Ma gli italiani, conoscono questi posti?

– I più fortunati li conoscono bene.

– Spero che oltre a essere fortunati, siano anche gentili. Non vorrei che li rovinassero mettendosi a costruire mostri di cemento e di pietra...

– Sta' tranquilla, qui è vietato.

– Ah, farei volentieri il bagno in quella baia.

– Perché no? Andiamo!

È stato un po' faticoso arrivarci, ma per un'ora Stefi e io siamo rimaste al sole su una piccola spiaggia al riparo del promontorio.

Non siamo entrate in acqua, però, e abbiamo ascoltato in silenzio il vento e lo sciabordio dell'acqua che accarezzava la spiaggia e spumeggiava contro gli scogli.

Al momento di lasciare la spiaggia, mi sono sentita invadere da una strana malinconia. Allora ho preso un ciottolo dalla spiaggia e l'ho tenuto stretto a lungo in una mano.

Il Monte Conero è alto 572 metri e ha 5.000.000 di anni di vita. La varietà del suo paesaggio è eccezionale.

Dal 1987 il monte e il suo territorio sono diventati Parco Regionale: vi regnano incontrastati macchia mediterranea, pini d'Aleppo e boschi fittissimi.

Sirolo, a 125 metri di altitudine, è un borgo a picco sul mare di 3.000 abitanti. Molto belle sono le sue spiagge: la Spiaggia Urbani, quelle di San Michele, dei Sassi Neri e delle Due Sorelle. Sirolo viene chiamato la "Portofino del Conero".

ANCONA, LORETO, RECANATI

Ad Ancona siamo rimaste poco. Giusto il tempo di fare una passeggiata sul Passetto, la spiaggia di rocce e scogli della città. Mi hanno incuriosito le grotte, che sono proprietà della gente

Ho preso un ciottolo dalla spiaggia e l'ho tenuto stretto...

del posto. Per arrivarci si scende un lungo scalone. Abbiamo poi proseguito per Loreto. Ma abbiamo visto il santuario solo dal di fuori. Stefi mi ha raccontato la leggenda della casa della Madonna, che sarebbe stata portata in questo luogo dagli angeli e intorno alla quale, appunto, sarebbe nato il santuario.

– La nostra prossima meta è Recanati – mi ha annunciato Stefi. – Non c'è nessuno che colleghi a questo nome?

– No.

– Mai sentito parlare di Giacomo Leopardi?

– Sì, ce ne ha parlato una volta il maestro. Era un poeta, mi pare.

– E che poeta! Io l'ho amato fin da ragazza. Recanati è il luogo dove è nato. È la prima volta che ci metto piede e sono davvero emozionata.

Davanti a Palazzo Leopardi ha respirato profondamente e ha esclamato: – Quante volte ho provato a immaginarmelo! Vieni, entriamo.

Nella Biblioteca Leopardiana sono contenuti migliaia di volumi. Mentre io seguivo con gli occhi i vari ordini di scaffali, Stefi si è soffermata a osservare le pagine dei manoscritti, il calamaio e la penna con la quale Leopardi ha scritto le poesie e le altre sue opere.

Stefi mi ha parlato a lungo di questo straordinario poeta, mi ha mostrato la Piazza chiamata "Sabato del Villaggio", il Monte Tabor, o "Colle dell'Infinito" (dal titolo di un suo famosissimo componimento), e la Torre Antica, che poi non è altro che il campanile della Chiesa di Sant'Agostino.

Prima di lasciare Recanati, siamo andate a visitare la Pinacoteca Civica.

Davanti all'*Annunciazione* del pittore Lorenzo Lotto sono rimasta incantata, sia per l'espressione stupita e quasi sconvolta della Madonna sia, soprattutto, per il gatto, che si spaventa all'annuncio dell'angelo e inarca la schiena.

Giacomo Leopardi fu uno dei più grandi poeti italiani. Nacque a Recanati nel 1798 e morì a Napoli nel 1837. Famosi sono i suoi Canti, lo Zibaldone, le Operette Morali.

A Recanati è nato anche un famoso tenore lirico: Beniamino Gigli. Il Museo a lui dedicato è ospitato nel Palazzo Comunale.

FABRIANO E L'ARTE DELLA CARTA

– Cosa ne pensi della carta? – mi ha chiesto Stefi a bruciapelo, mentre lasciavamo Recanati.

– Senza di essa non ci sarebbero i fogli per disegnare e, soprattutto, non ci sarebbero i libri. Sarebbe un bel guaio, per una come me che non riesce a farne a meno.

– Ti sei mai chiesta come nasce un foglio di carta?

– Non ne so molto.

– Per saperne davvero tutto, bisogna andare a Fabriano. Ed è proprio lì che ci stiamo dirigendo adesso.

Mentre puntavamo nel cuore delle Marche, Stefi mi ha raccontato un paio di curiosità.

– Negli stabilimenti di Fabriano si produce la cartamoneta filigranata – mi ha detto. – Pensa che le banconote italiane (prima le lire e oggi l'euro) sono fatte proprio qui, in una zona di massima sicurezza.

Ma a Fabriano si producono anche le banconote di molti altri paesi: dalla Colombia all'Indonesia.

Abbiamo visitato il Museo della Carta. E ho potuto vedere come si ottiene la carta filigranata dalla pasta di fibre vegetali.

– Da oggi i miei libri saranno ancora più preziosi – ho detto uscendo dal museo.

– Le cose sembrano sempre così scontate – ha detto Stefi. – Invece ogni oggetto è il frutto di intuizione, intelligenza, impegno e lavoro. I fabrianesi fanno bene la loro parte.

La carta venne inventata in Cina nel 105 d.C. Nel X secolo esistevano cartiere a Baghdad, a Damasco e al Cairo. Questo prezioso materiale veniva prodotto con stracci di canapa, cotone e lino.

I cartai fabrianesi hanno grandi meriti. Furono i primi, nel XIII secolo, a rendere i fogli impermeabili attraverso la colla animale. Grazie a questo processo, la carta sostituì vantaggiosamente l'uso della pergamena, pelle di agnello, pecora o capra fatta macerare nella calce e poi seccata e levigata.

Un'altra invenzione dei fabrianesi è la filigrana: ossia un segno, una lettera, un disegno visibile in controluce sul foglio di carta che ne dimostra l'autenticità.

I MONTI SIBILLINI, IL LAGO PILATO

– E adesso scopriamo almeno un poco la magia dei Monti Sibillini – mi ha detto Stefi. – La guida parla del Lago Pilato, che si trova a 1.940 metri di altitudine. Ci vuole una giornata intera per visitarlo con calma, ma credo che ne valga la pena.

Ormai avrei seguito Stefi in capo al mondo. Solo che questo mondo sembrava tutto concentrato in Italia. E io non finivo di stupirmi. Non avrei mai creduto, se fossi rimasta a Torino tra le mie amate montagne, che l'Italia fosse così bella!

Adesso, invece, mi sentivo come Alice nel Paese delle Meraviglie.

E il Lago Pilato doveva essere senz'altro un luogo da "Paese delle Meraviglie".

Ho avuto un tuffo al cuore quando mi sono trovata nella conca formata dai pendii del Pizzo del Diavolo, della Cima del Lago e del Monte Vettore. Il Lago era al centro della conca e sui pendii restavano macchie di neve ancora candida.

– Il Lago Pilato è uno dei posti più misteriosi dei

Monti Sibillini – mi ha detto Stefi. – La leggenda dice che in realtà questo è il Lago Averno e che da qui si entra nel mondo sotterraneo degli Inferi.

Mi sono guardata intorno un po' intimorita e ho pensato che, se mi fossi trovata sulle sponde del lago all'imbrunire, ci avrei creduto anch'io.

Il Lago Pilato è il più bel lago di montagna delle Marche. Nei primi secoli dell'era cristiana viene indicato come il lago dove morì Ponzio Pilato, il procuratore romano della Palestina che mandò a morte Gesù. Condannato a sua volta dall'imperatore Vespasiano, Pilato sarebbe stato legato a un carro trainato da due bufali imbizzarriti, trascinato sui Monti Sibillini e gettato nel lago.

Il Parco Nazionale dei Monti Sibillini è stato istituito nel 1993 e comprende un'area di 60.000 ettari.

UMBRIA

ASSISI, SAN FRANCESCO, GIOTTO

Entrare in Umbria è stato un po' come entrare in Cornovaglia: tante colline e tanti panorami a ogni svolta.

– L'Umbria è la regione delle sorprese – mi ha confermato Stefi. – Il paesaggio cambia in continuazione e trovi sempre ciò che non ti aspetti. Che te ne sembra?

– Mi piacerebbe percorrerla tutta a piedi.

– Sai da dove cominciamo?

– Da Assisi.

– Brava. Come hai fatto a indovinare?

– Non è forse una delle città più amate al mondo?

– Puoi dirlo forte. Quando il terremoto fece crollare la volta della Basilica di San Francesco, credo che l'abbiano saputo anche al Polo Nord. San Francesco è un personaggio straordinario. E

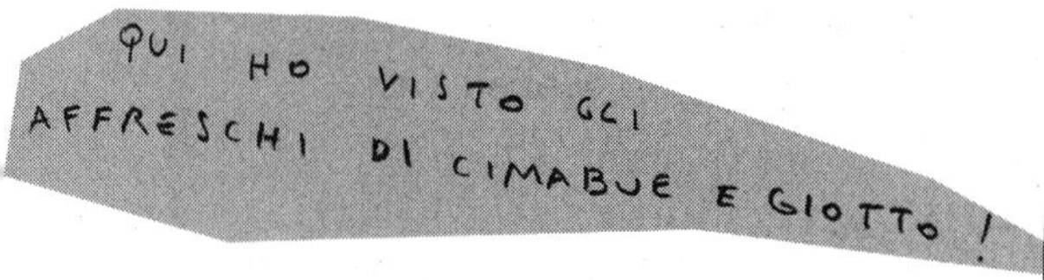

così moderno! Ama gli animali, rispetta la natura, crede nella pace e predica la fratellanza tra gli uomini. È ciò che vogliamo oggi, no?

Quando siamo arrivate in vista di Assisi, Stefi mi ha indicato il Monte Subasio alle sue spalle.

Abbiamo lasciato l'auto lontana dal centro e ci siamo dirette alla Basilica.

Veramente di basiliche ce ne sono due: quella Inferiore e quella Superiore. Le abbiamo visitate entrambe e Stefi non la smetteva di meravigliarsi davanti alla vita di san Francesco dipinta dal famoso pittore Giotto.

– Guarda quei volti – mi ha detto. – Sembra che soffrano veramente.

Anch'io sono rimasta incantata nel vedere gli affreschi che raccontavano la storia di Francesco: egli era un giovane ricco e bello, che amava fare scherzi e ragazzate insieme ai suoi amici. Un giorno però sentì che doveva cambiare vita: abbandonò la casa di suo padre, rinunciò a tutte le sue ricchezze e decise di dedicarsi agli altri.

Mi sono concentrata sulla scena della *Predica agli uccelli* e ho provato a mettermi nei panni dei contadini del Medioevo, che non sapevano leggere e che conoscevano la Bibbia solo attraverso le immagini. E ho pensato che l'amore di Francesco per tutti gli uomini e gli animali dovremmo condividerlo tutti.

Nella Basilica, oltre alla vita di San Francesco, Giotto ha raccontato anche tanti episodi dell'infanzia di Gesù, come la fuga in Egitto, per esempio.

La Basilica di San Francesco fu iniziata nel 1228 e consacrata solennemente nel 1253. È disposta su due livelli: nella Chiesa Superiore, sulle pareti della navata, in 28 episodi Giotto ha raccontato la vita di san Francesco.

San Francesco morì alla Porziuncola (1226). Oggi questa cappella si trova al centro della Basilica di Santa Maria degli Angeli, che le è stata costruita attorno, poco fuori Assisi.

GUBBIO, PERUGIA E LE LORO FONTANE

– Prima di andare a Perugia, visiteremo Gubbio – mi ha detto Stefi.

Lì, tutte le case sono costruite in pietra.

– Pensa che a Gubbio non si possono costruire case più alte di sette metri e mezzo – mi ha raccontato Stefi. – Così la città rimane fedele al suo passato.

Stefi mi ha mostrato la Fontana del Bargello e mi ha detto: – Se ci corri intorno e qualcuno ti spruzza con l'acqua della fontana, entri a far parte della "Compagnia dei Matti di Gubbio". Gli iguvini (si chiamano così gli abitanti di questa città) sono persone davvero speciali: sono cioè intelligenti, dotate di senso critico e piene di fantasia.

– Anche io vorrei essere così! – ho detto.

– Allora meriti di essere spruzzata con l'acqua della fontana...

Stefi ha raccolto un po' d'acqua col cavo di una mano e me l'ha spruzzata addosso. Io ho fatto lo stesso con lei e ce ne siamo andate ridendo verso la

Piazza Grande. Gubbio mi ha davvero affascinata con la sua atmosfera medievale.

– Vedrai che neanche Perugia ti deluderà – mi ha detto Stefi.

Abbiamo lasciato l'auto nel parcheggio interrato alla periferia del capoluogo umbro e siamo salite su… una scala mobile! Proprio così: in pochi minuti, il percorso di scale mobili della Rocca Paolina ci ha trasportati dai giorni nostri al cuore medievale di Perugia. «Bella idea» ho pensato.

Era quasi l'imbrunire quando siamo arrivate davanti al Palazzo dei Priori e alla Fontana Maggiore.

– Non ho mai visto una fontana come questa – ho detto. E mi sono messa a girare intorno alla cancellata che la protegge.

– Secondo me non ne esiste una uguale al mondo – ha detto Stefi. Poi siamo andate a passeggiare in Corso Vannucci e i miei occhi si sono posati su palazzi meravigliosi.

Prima di lasciare la città, Stefi mi ha fatto salire la scalinata tortuosa che dalla Chiesa di Sant'Angelo della Pace conduce a Piazza Fortebraccio. E da lassù c'era una vista spettacolare!

Nel VII e VI secolo a.C. Perugia fu una delle più potenti tra le dodici città dell'Etruria.

Piazza IV Novembre è di sicuro una delle più belle d'Italia. Intorno alla piazza sono raccolti i principali monumenti dell'età comunale: il Palazzo dei Priori, la Fontana Maggiore, la Cattedrale.

La Fontana Maggiore fu costruita negli anni 1275-78 per portare l'acqua in città dal nuovo acquedotto di Monte Pacciano. Disegnata da Nicola e Giovanni Pisano, si eleva su una gradinata circolare, è formata da due vasche di 24 lati di pietra bianca e rosa ed è sormontata da una tazza di bronzo.

ORVIETO, IL DUOMO, IL POZZO DI SAN PATRIZIO

Stefi guidava l'auto senza fretta e così potevo osservare bene i paesaggi che attraversavamo. Gli ulivi, i campi di girasoli, le torri e i campanili che svettavano sulle cime delle colline, le strade che si inerpicavano sui loro fianchi come nastri sinuosi... «Annota, confronta e memorizza, Valentina» mi sono detta. E un giorno... beh, non sapevo ancora cosa avrei fatto un giorno di tutti quei ricordi.

Ma ho provato a immaginare come mi sentirò quando tornerò a casa.

– Orvieto! – ha esclamato a un certo punto Stefi, distogliendomi dai miei pensieri. – Sai qual è la sua fortuna? Quella di sorgere su una roccia di tufo. Perciò c'è poco da costruire lassù. Nessuno potrà mai deturpare questo gioiello che ci ha lasciato il Medioevo.

Sfido chiunque a non rimanere a bocca aperta davanti al Duomo di Orvieto. La facciata, con i bassorilievi nella parte inferiore, i marmi e i mosaici in quella superiore, sembra una tavolozza di colori creata da un pittore fantasioso.

Lasciato il Duomo, Stefi mi ha accompagnata al Pozzo di San Patrizio.

– Hai voglia di scendere fino in fondo? – mi ha chiesto.

– Con tutte le finestre che ci sono, non soffrirò certo di claustrofobia – le ho risposto.

Le ho dato una mano e l'ho accompagnata prima nella discesa, poi nella salita, meravigliata di non incontrare nessuno che scendeva.

Il Duomo di Orvieto fu iniziato nel 1290 per ospitare le reliquie del miracolo di Bolsena. La reliquia è rappresentata da un panno di lino sul quale rimase impresso il sangue uscito da un'ostia consacrata. La sua definitiva realizzazione avvenne nel 1600.

Il Pozzo di San Patrizio fu scavato per ordine di papa Clemente VII Medici. Doveva rifornire la città di acqua in caso di assedio. È opera di Antonio da Sangallo il Giovane. L'acqua è molto pura e si trova a 62 metri di profondità.

Si arriva in fondo al pozzo con due scalinate a spirale, illuminate da 72 finestre.

Le scale sono sovrapposte in modo tale che chi scende non può mai incontrare chi sale.

TODI, SPOLETO

Io ero impaziente di vedere la Cascata delle Marmore, ma Stefi mi ha detto: – Prima dobbiamo rendere omaggio a due splendide città: Todi e Spoleto.

Todi si trova su una collina alta quattrocento metri. Prima di arrivare in Piazza del Popolo, Stefi mi ha fatto attraversare dei vicoli tortuosi, tra case strette l'una all'altra.

– Mi viene un po' di angoscia – ho detto. – Chissà che impressione di notte...

– È così che dovevano sentirsi gli abitanti, quando si aspettavano di veder arrivare un nemico da un momento all'altro, pronto a rubare e a uccidere. Pensa che furono innalzate tre successive cinte di mura per difendere la città: una al tempo degli Etruschi, una dei Romani e l'altra in epoca medievale.

In Piazza del Popolo ho potuto respirare più liberamente e quando ho salito lo scalone della cattedrale mi sono sentita come se stessi partecipando a una sfilata.

Prima di lasciare Todi, Stefi mi ha raccontato la storia d'amore tra Jacopone da Todi e la sua bella moglie Vanna. Quando questa giovane donna morì precipitando insieme al balcone di legno dal quale si era affacciata, Jacopone lasciò ogni ricchezza, si fece frate e cominciò a scrivere delle belle poesie.

Poi è stata la volta di Spoleto, dove ogni estate si tiene il famoso "Festival dei Due Mondi". È un'importante manifestazione nata nel 1958 e dedicata a tutte le arti. Nella città umbra si ritrovano i migliori registi, coreografi, direttori d'orchestra e letterati del mondo.

Stefi mi ha mostrato il Duomo, la Rocca e il Ponte delle Torri. Questo ponte è alto ottanta metri e lungo duecentotrenta. Ed è abbastanza impressionante affacciarsi sul baratro sottostante. Se uno ha le vertigini come me, non glielo raccomando.

Il Ponte delle Torri ha 10, vertiginose arcate. Si trova sul baratro della Valle del Tessino e serviva sia come via di accesso alla collina del Monteluco, sia per convogliare acqua alla Rocca e a Spoleto. Fu commissionato dal cardinale Albornoz all'architetto Gattapone nella seconda metà del XIV secolo.

LA CASCATA DELLE MARMORE

– E la cascata che fine ha fatto? – ho chiesto a Stefi.

Davanti a noi c'era sì il grande precipizio che avevo visto nelle fotografie, ma dall'alto non veniva giù un solo filo d'acqua.

– L'acqua viene usata per alimentare gli impianti idroelettrici – mi ha risposto un signore che accompagnava un centinaio di ragazzini vocianti.

E ha aggiunto: – Tra poco piomberà come un tuono verso di noi. Ho dato ordine di aprirla perché questi ragazzi si godano lo spettacolo prima di tornare a Roma.

Non gli ho chiesto chi fosse e perché fosse in grado di dare ordini del genere. Ma gli ho creduto, e ho puntato gli occhi sul punto più elevato dello strapiombo.

Pochi minuti dopo... un boato! E l'acqua ha cominciato a venire giù con il ruggito di un leone che rompe le inferriate di una gabbia e scappa.

Esplosioni di spruzzi, arcobaleni luminosi, assordanti fragori… temevo che l'acqua arrivasse fino a me e mi portasse via, perciò ho stretto forte il braccio di Stefi.

Alla fine ero mezza stordita. E quando siamo tornate in albergo sul Lago di Piediluco, ho risentito a lungo nelle orecchie il rumore rabbioso e trionfante della cascata.

La Cascata delle Marmore è la più alta d'Italia. Fa 3 salti successivi per un totale di 165 metri.

Ma non è solo opera della natura. Furono i Romani, infatti, che fecero scavare un canale, perché il fiume Velino superasse il costone della montagna e si gettasse nel fiume Nera. In questo modo le acque del Velino non avrebbero più trasformato in palude l'altopiano soprastante.

LAZIO

ROMA, LE VIE CONSOLARI, I COLLI...

– È vero che tutte le strade portano a Roma? – ho chiesto a Stefi mentre entravamo nel Lazio.

– Sì, ma è anche vero che tutte le strade *partono* da Roma. Gli ingegneri romani erano molto bravi nel costruire strade. Tant'è vero che le loro vie sono ancora intatte dopo duemila anni. A proposito, in questo momento stiamo percorrendo proprio una di queste: la Flaminia, per la precisione.

– Ah, Roma! Una città che tutti ci invidiano. Da dove cominciamo?

– Dai colli? Dalle piazze? Dalle fontane? Dai musei? Dalle chiese? Dalle ville? Cara Valentina, ci vorrebbero mesi per visitare Roma da cima a fondo. E noi abbiamo solo pochi giorni. Assaggeremo un po' qui, un po' là.

Per prima cosa siamo andate in Via dei Fori

Imperiali. Quante cose c'erano da vedere! Dalla Colonna Traiana, al Colosseo, alla Basilica di San Clemente.

– Ma cosa facevano in realtà nel Colosseo? – ho chiesto a Stefi.

– Purtroppo si divertivano in modo molto macabro, un po' facendo combattere gli animali feroci, un po' i gladiatori. Non è proprio un monumento di pace.

Nel Foro Romano, Stefi mi ha mostrato archi, templi, basiliche. Quella che mi ha colpito di più è stata la Basilica di Massenzio, con le sue enormi volte a botte.

– Quel che ne resta ci dà solo una pallida idea di quello che era – ha commentato Stefi.

Ecco alcune delle Vie Consolari più note: Via Appia (collega Roma con Capua e Brindisi), Via Flaminia (attraverso l'Umbria giungeva fino a Rimini), Via Aurelia (correva lungo i litorali del Tirreno e della Liguria e giungeva fino ad Arles), Via Cassia (arrivava fino a Firenze), Via Emilia (collegava Piacenza, Rimini e Aquileia). E questi sono i sette colli di Roma: Aventino, Campidoglio, Celio, Esquilino, Palatino, Quirinale, Viminale.

L'Anfiteatro Flavio (il nome Colosseo è medievale, e deriva dalla statua colossale in bronzo di Nerone, alta 35 metri, che si trovava al suo interno), è alto quasi 50 metri, il diametro maggiore è di 188 metri, furono usati oltre 100.000 metri cubi di marmo travertino per costruirlo e aveva una capienza di 50.000 spettatori. Fu l'imperatore Vespasiano a farne iniziare la costruzione nel 72 d.C.

DAL PALATINO AL CAMPIDOGLIO, A PIAZZA NAVONA...

Dal Foro Romano siamo salite al Palatino e mi sono goduta un bel panorama. Poi siamo passate al Campidoglio e ho salito e sceso un paio di volte la scalinata trecentesca della chiesa di Santa Maria in Aracoeli.

Sotto il portico della Chiesa altomedievale di Santa Maria in Cosmedin c'è il mascherone di una divinità fluviale, chiamato la “Bocca della Verità”.

– Prova a infilare la mano nella sua bocca – mi ha detto Stefi ridendo. – Ma ti avverto. Se dici bugie, non riuscirai più a tirarla fuori.

«Chi non dice bugie?» ho pensato.

E per precauzione ho preferito non infilare la mano!

– Dunque è questa la famosa Piazza di Spagna! – ho esclamato davanti alla scala che sale alla Chiesa di Trinità dei Monti.

La scala era letteralmente coperta di fiori e sugli scalini erano seduti ragazzi di ogni parte del mondo.

Ma anche Piazza Navona mi ha stupita, con le sue fontane e la sua grandiosità.

– Quante saranno le piazze d’Italia? – ho chiesto a Stefi.

– Credo che a volerle contare tutte si metterebbe in difficoltà un computer.

Scendendo dal Campidoglio, Stefi aveva voluto mostrarmi l’interno della Chiesa del Gesù.

Ma poi siamo andate anche nella chiesa di San Luigi dei Francesi, dove ci sono tre quadri del famo-

Per precauzione ho preferito non infilare la mano…

sissimo pittore Michelangelo Merisi da Caravaggio.

Infine siamo andate al Pantheon e a Piazza San Giovanni in Laterano.

– Fermiamoci, altrimenti mi gira la testa – ho detto a Stefi.

– D'accordo. Prendiamo una carrozza e torniamo in albergo.

Mentre il vetturino guidava i cavalli tra la folla, mi sono sentita come una turista arrivata dall'Australia, o giù di lì.

Piazza di Spagna, nel XVII secolo, era il centro della vita artistica della città. Nel I secolo a.C. vi sorgeva la villa del generale romano Lucullo. L'edificio stava dove ora sorge la Chiesa di Trinità dei Monti. La scalinata è opera di Francesco de Sanctis (1726) e scende fino alla Fontana della "Barcaccia", dello scultore Gian Lorenzo Bernini.

Piazza Navona sorge dove un tempo c'era lo stadio di Domiziano e fu voluta dal papa Innocenzo X. Lungo l'asse mediano, il Bernini collocò tre fontane. Tra di esse spicca la Fontana dei Fiumi.

L'aspetto attuale del Pantheon risale ai primi anni del regno di Adriano (118-125), ma la costruzione è del 27 a.C. La sua altezza è pari al diametro della cupola: 40 metri.

PIAZZA SAN PIETRO, I MUSEI VATICANI

Per andare in Piazza San Pietro siamo passate davanti a Castel Sant'Angelo. Attraversando il ponte sul Tevere ho ripensato ai ponti sul Po di Torino. Mi sembrava di mancare da un secolo dalla mia città e ho avuto un guizzo di nostalgia.

– Che piazza immensa! – ho esclamato vedendo Piazza San Pietro affollata di turisti.

– È il cuore della cristianità – ha detto Stefi. – Può sembrare una frase fatta, ma è così. Vieni, entriamo nella chiesa.

All'inizio ho camminato quasi in punta di piedi, tanto mi sentivo intimidita. Ma poi sono andata diritta verso la *Pietà* di Michelangelo. E ci sono rimasta davanti a lungo.

Com'era bella e com'era triste quella donna che reggeva in grembo il Cristo morto!

Stefi si è accorta che ero emozionata e mi ha messo un braccio attorno alle spalle.

– Un artista deve saper esprimere con la stessa forza sia la gioia sia il dolore – ha mormorato.

Ci siamo accodate a un gruppo di turisti italiani e ci siamo dirette verso i Musei Vaticani.

Siccome ci sarebbero volute ore e ore per visitarli tutti, Stefi ha deciso di concentrare la nostra visita soprattutto sulla Cappella Sistina e sulle Stanze di Raffaello.

Quando alla fine siamo uscite, avevo gli occhi pieni di immagini e non sapevo quale mi avesse colpito di più.

Ovviamente ricordavo il *Giudizio Universale* di Michelangelo. Ma anche la *Deposizione* del Caravaggio o la *Trasfigurazione* e *La scuola d'Atene* di Raffaello, che sembrava risucchiarti nella tela.

Per concludere la giornata, Stefi mi ha portata sul Pincio e da lassù abbiamo contemplato Roma, illuminata dai raggi del sole al tramonto.

Castel Sant'Angelo è una imponente costruzione eretta nel II secolo d.C., come mausoleo dell'imperatore Adriano e della sua famiglia. Nel 1527, durante il sacco di Roma, papa Clemente VII si rifugiò nel castello e vi adattò un appartamento che più tardi fu abbellito da Paolo III. Un lungo passaggio collega la fortezza ai Palazzi Vaticani.

Piazza San Pietro è circondata da un colonnato realizzato da Gian Lorenzo Bernini. Comprende 284 colonne disposte su 4 file e 88 pilastri sormontati da 140 statue.

I Musei Vaticani sono uno straordinario tributo all'arte. Occupano una parte dei palazzi costruiti dai papi a partire dal XII secolo, ingranditi e abbelliti fino ai nostri giorni. Contengono molte opere d'arte, dall'antico Egitto al XX secolo.

DALLE CATACOMBE AI LAGHI, AL PROMONTORIO DEL CIRCEO...

– Non possiamo lasciare Roma senza visitare le Catacombe – mi ha detto Stefi.

Per arrivarci, abbiamo lasciato la città lungo l'Appia Antica. Stefi, infatti, voleva che visitassimo le Catacombe di San Sebastiano e quelle di San Callisto. È stata un'esperienza davvero unica attraversare quelle gallerie sotterranee, sulle cui pareti erano disposte in fila tante nicchie coperte di marmi.

Ma, oltre a queste tombe più semplici, ho visto

anche sarcofagi, tombe di intere famiglie e cripte. L'aria fredda che si respirava nei cunicoli, disposti su più piani per chilometri e chilometri, mi ha trasportata in un mondo lontano, tra persone pacifiche che si amavano, si proteggevano a vicenda ed erano disposte a sacrificarsi per difendere le loro idee.

Tornate alla luce, Stefi mi ha detto: – Risaliremo un po' il Lazio per andare al Lago di Bolsena, il più grande lago italiano formatosi nel cratere di un vulcano spento.

Siamo arrivate prima di mezzogiorno. Le nuvole erano scomparse e le acque del lago riflettevano un cielo azzurro.

Allora Stefi mi ha proposto: – Che ne dici di una bella gita sull'acqua?

Abbiamo trovato una barca, un barcaiolo e ci siamo allontanate dalla riva puntando verso il centro del lago.

A un certo punto il barcaiolo ci ha detto: – Sapete che l'acqua del lago di Bolsena si può bere.

– Cosa?! – ho esclamato.

– Vi garantisco che è potabile. Pensate che i pescatori con quest'acqua cuociono la "sbroscia", che è la zuppa di pesce locale. Non vedete come è pulita e trasparente? È quasi come trent'anni fa, quando si vedeva fino a una profondità di quindici metri.

L'ultima nostra fatica è stata l'ascesa del Picco di Circe lungo un sentiero che si snodava attraverso un fitto bosco di lecci, fino ad arrivare alla cima del Promontorio del Circeo. Il panorama che si gode da là è splendido e, guida alla mano, Stefi mi ha enumerato le Isole Pontine davanti a noi: Ponza, Palmarola, Zannone, Ventotene e Santo Stefano.

Le catacombe in origine furono solo luoghi di sepoltura dei primi cristiani. Durante le persecuzioni attuate dall'Impero Romano furono però anche luoghi di rifugio. Terminate le persecuzioni, divennero veri e propri santuari dei martiri, centri di devozione e di pellegrinaggio dei cristiani provenienti da ogni parte dell'impero.

Il Lago di Bolsena ha due isolette, sulle quali sopravvive la macchia mediterranea. Sulle sponde invece le foreste di querce e di castagni si alternano a coltivazioni di vite e ulivo.

Il Parco Nazionale del Circeo è uno dei 4 parchi storici della penisola italiana. Nell'area faunistica di Cerasella si incontrano cinghiali e daini. Nella Grotta Guattari, nel 1939, fu ritrovato il primo cranio di Homo di Neanderthal in Italia.

ABRUZZO

IL PARCO NAZIONALE D'ABRUZZO

– Il Parco Nazionale d'Abruzzo è molto conosciuto – mi ha detto Stefi, mentre imboccava l'autostrada A24 Roma-L'Aquila.

– È vero che si possono incontrare i lupi e gli orsi?

– Questi animali sono le star del parco. L'orso bruno marsicano è addirittura il simbolo della riserva. Ma ce ne sono molti altri, di animali: il gatto selvatico, la martora, la lontra...

– Quando penso al lupo, mi viene in mente Cappuccetto Rosso. Oppure le stragi di pecore.

– Ci sono ancora troppi pregiudizi nei confronti di questo animale. Se nell'ambiente in cui vivono si trovano sufficienti prede selvatiche, i lupi non assalgono le greggi. E, soprattutto, limitano il numero dei cinghiali che, se sono troppi, diventano dannosi per le coltivazioni. E poi non si conoscono

casi di aggressioni nei confronti delle persone.

Stefi è uscita dall'autostrada a Pescina, ha fatto una sosta e poi ha proseguito per Bisegna.

L'ingresso del parco è gratuito. Siamo entrate in uno dei cosiddetti "Sentieri Natura" e l'abbiamo percorso quasi tutto in silenzio. Salendo più su, ci siamo immerse in foreste di faggi.

– Che pace! – ho esclamato. E ho teso l'orecchio per ascoltare i canti degli uccelli nascosti tra le fronde

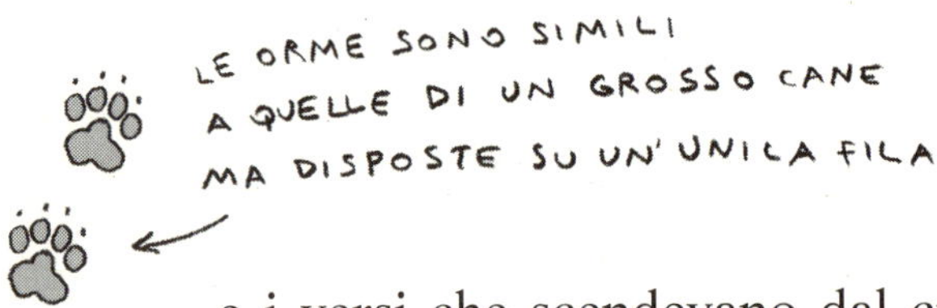

e i versi che scendevano dal cielo. Chi volteggiava lassù? Un'aquila reale? Un falco pellegrino?

– Mi piacerebbe incontrare un lupo – ho detto.

– Il lupo è difficile da avvistare, perché caccia di notte. Di giorno si rintana nei luoghi più selvaggi del parco. Ma abbiamo un binocolo, e quando saremo su quel cocuzzolo lo punteremo in tutte le direzioni.

In un negozio di Pescina ho comprato un lupo

intagliato nel legno. Era per Tazio e gli avrei chiesto di tenerlo sulla sua scrivania.

Il Parco Nazionale d'Abruzzo fu istituito nel gennaio 1923. Oggi si estende su 50.000 ettari e attraversa Abruzzo, Lazio e Molise.

Vi si trovano 60 specie di mammiferi, 300 di uccelli, 40 di rettili, anfibi e pesci. Tra i mammiferi, vivono nel Parco orsi bruni marsicani, camosci, cervi, capriol e lupi appenninici.

In primavera fioriscono le genziane, le viole, le peonie. Il fiore all'occhiello del Parco è però la Scarpetta di Venere, la più grande orchidea selvatica italiana.

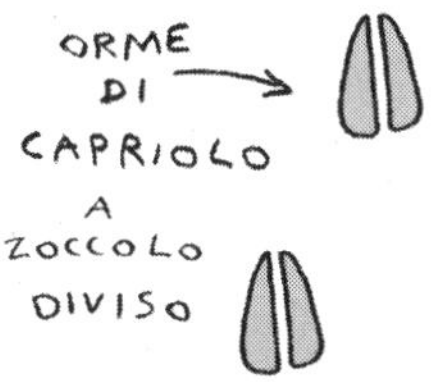

L'ORSO E IL LAGO DI SCANNO

– Tieni, guarda prima tu – mi ha detto Stefi estraendo il binocolo dallo zaino. – Vediamo cosa riesci a scoprire.

Ho preso il binocolo, che era grande e pesante, e ho cominciato a perlustrare boschi, radure, i fianchi delle montagne.

Cercavo un lupo, uno scoiattolo, un cinghiale. Non osavo nemmeno pensare di poter vedere lui, l'orso marsicano!

Ma quando stavo per restituire il binocolo a Stefi, ho lanciato un grido. Ho visto il muso buffo di un orso bruno e mi è sembrato che mi guardasse negli occhi, per rimproverarmi della mia curiosità.

Poi si è messo a grattare con le zampe la corteccia di un albero. Ho capito che stava segnando il suo territorio, proprio come diceva la guida che Stefi mi aveva fatto leggere.

– Guarda, è enorme – ho detto a Stefi passandole il binocolo.

Stefi me lo ha ripassato quasi subito, e io ho

fatto in tempo a vedere l'orso che si allontanava danzando nel fitto della foresta.

Prima di lasciare il Parco, abbiamo visitato il Lago di Scanno. Le sue acque tendono al verde e sulle sue rive erano sdraiate parecchie persone.

Ci siamo sdraiate anche noi e a un certo punto ho detto a Stefi: – Se un giorno avrò dei figli, voglio che anche loro vedano l'orso come l'ho visto io e respirino l'aria che sto respirando io.

– È giusto salvaguardare la natura – ha osservato Stefi. – Noi siamo ospiti, non padroni del pianeta. Perciò bisogna stare sempre in guardia, perché qualcuno non faccia danni irrimediabili.

L'orso ha una corporatura robusta, il corpo ricoperto di una folta pelliccia e la coda corta e tozza. Ha i piedi piatti e i suoi artigli non sono retrattili come quelli del gatto. Possiede 42 forti denti, è lungo fino a 2,20 metri, la testa è grande e allungata, gli occhi sono ravvicinati, le orecchie piccole e rotonde, le zampe corte e massicce. L'orso è un animale onnivoro: si nutre di radici, noci, frutta, formiche e agnellini. È anche capace di pescare al volo salmoni e trote. Ma è goloso soprattutto di miele. Se scopre un favo, se ne infischia delle punture delle api (che nemmeno avverte grazie alla folta pelliccia e allo strato di grasso che lo avvolge) e lo divora con grande avidità.

LA PIANA DEL FUCINO, VERSO L'AQUILA...

Prima di raggiungere L'Aquila, abbiamo attraversato la Piana del Fucino.

Era vasta e verde e sembrava una pianura come quella che c'è tra Torino a Milano.

– Un tempo in questa piana c'era un lago – mi ha detto Stefi. – Il terzo lago d'Italia per estensione, pensa un po'. Ma era un lago poco profondo e paludoso. Così lo hanno prosciugato e oggi la piana è fertile e coltivata, come vedi. È cambiato il paesaggio ed è cambiata la vita delle persone.

– Un miracolo...

– No, il frutto del lavoro degli uomini. Se usassimo la nostra intelligenza per fare solo cose buone, sarebbe un vantaggio per tutti. Come ti senti?

– Sono sempre più curiosa. Ci stiamo avvicinando al sud, ormai.

– La parte d'Italia meno favorita dalla natura e dalla storia, ma abitata da gente aperta e generosa.

Lasciata la Piana del Fucino, ci siamo dirette verso L'Aquila.

– Com'è L'Aquila? – ho chiesto a Stefi.

– È la città del numero 99.

– Cos'è, un indovinello?

– Quando ci saremo arrivate, capirai.

Già in epoca romana l'imperatore Claudio (I sec. d.C.) aveva fatto prosciugare il Lago del Fucino. I suoi ingegneri avevano scavato un fiume sotterraneo per permettere alle acque di defluire. Per qualche anno il canale funzionò. Poi fu trascurato e il bacino si riempì di nuovo di acqua stagnante.

Solo nel 1852 il principe Alessandro Torlonia riuscì nello scopo. Fece scavare un fiume sotterraneo che seguiva il percorso di quello romano e da allora il Fucino si è trasformato in una conca fertile e coltivata.

LA FONTANA DELLE 99 CANNELLE, LA CHIESA DI COLLEMAGGIO

Arrivate a L'Aquila, Stefi mi ha accompagnata subito alla Fontana delle 99 cannelle.

Prima ancora di avvicinarci, ho sentito un frastuono quasi assordante di acqua, come quello che si sente davanti alla Fontana di Trevi a Roma.

– Sono davvero 99? – ho chiesto a Stefi guardando le cannelle (i rubinetti metallici) che uscivano dalle bocche dei mascheroni. – E perché così tante?

– Si racconta che per fondare la città si misero insieme gli abitanti dei 99 castelli della valle. Ciascuno contribuì edificando una piazza, una chiesa e una fontana. Intorno furono costruite le case per le persone che lasciavano il castello e si trasferivano in città. La fontana rievoca questo avvenimento. Ecco il significato del numero 99 nella storia e nella vita della città: 99 i castelli, 99 le cannelle della fontana, 99 i rintocchi suonati dalla campana del Palazzo di Giustizia, 99 il numero delle chiese.

Prima di lasciare L'Aquila, siamo andate a vedere la chiesa di Santa Maria di Collemaggio. È abbellita da decorazioni geometriche in pietra rossa e bianca e al tramonto, quando mi sono fermata a osservarla con Stefi, era bellissima.

– Per arrivare sulla costa adriatica, attraverseremo la galleria del Gran Sasso – mi ha detto Stefi.

E stamattina, nell'aria limpida che continua ad accompagnarci in questa indimenticabile estate, ho potuto ammirare la mole imponente del Gran Sasso d'Italia.

A L'Aquila tutto parla di Medioevo. Federico II di Svevia pose la prima pietra della città, ma fu suo figlio Corradino IV che la completò nel 1253.

La Fontana delle 99 cannelle fu realizzata nel 1272 dal

maestro Tancredi da Pentina. Secondo la leggenda, Tancredi fu giustiziato perché si rifiutò di rivelare l'origine dell'acqua che la alimenta, che è a tutt'oggi sconosciuta!

La galleria che passa sotto il Gran Sasso è lunga 10 chilometri. Fu inaugurata nel 1984 e richiese 15 anni di lavori. Dalla galleria si accede a una piccola città sotterranea dove si trovano i laboratori dell'Istituto Nazionale di Fisica Nucleare. All'interno di questi laboratori si conducono importanti ricerche sulla materia, sul cosmo e sull'origine dell'universo.

TERAMO, GIULIANOVA, PESCARA...

Da Teramo siamo approdate sulla spiaggia di Giulianova.

– Di nuovo al mare, dunque! – ho esclamato, felice di trovarmi davanti alle sue acque azzurre.

– Anche il mare va protetto – mi ha ricordato Stefi. – Quando faccio il bagno, voglio entrare in un'acqua che mi ristori e non mi faccia ammalare. Una volta ho scritto un articolo su una spiaggia malridotta e un mare sudicio, e il sindaco della città ha protestato come se lo avessi offeso personalmente. Ma le verità vanno dette a tutti, non tenute nascoste.

– Sono d'accordo con te. E poi una giornalista dev'essere onesta. Se un giorno farò anch'io questo mestiere, non lo dimenticherò mai.

Abbiamo proseguito lungo la costa, fino ad arrivare a Pescara. Il suo porto-canale era affollato di imbarcazioni.

Nel giardino pubblico, seduti su una panchina, due bambini sgranocchiavano un dolce che mi ha incuriosito.

– Che cosa state mangiando? – ho chiesto.

– La Malterrata – mi hanno risposto con la bocca piena.

La loro mamma, che stava chiacchierando con un'amica sulla panchina accanto, mi ha detto di aver preparato lei la merenda dei bambini e mi ha spiegato come si fa.

– Ne ho ancora un po' da parte. Te la faccio assaggiare.

Ho sgranocchiato un pezzo del dolce che mi ha offerto… che buono!

Quando ho salutato la signora e i bambini, ho detto a Stefi: – Io non sono brava a cucinare i dolci, ma questa Malterrata mi è proprio piaciuta. Vedrò se riesco a prepararla con mia madre.

Per preparare la Malterrata ci vogliono 500 grammi di zucchero, 75 grammi di mandorle, 75 di cioccolato tritato in modo grossolano e dell'acqua. Ne viene fuori una merenda croccante che dà una bella sferzata di energia.

MOLISE

AGNONE E LE SUE CAMPANE

– Il Molise è la seconda regione più piccola d'Italia dopo la Valle d'Aosta – mi ha detto Stefi.

– Lasciamo il mare e torniamo in montagna? – le ho chiesto.

– La montagna è il cuore del Molise. E i molisani sono degli abilissimi artigiani. Cerchi un ottimo falegname? Uno scalpellino che lavori con bravura la pietra? Dei coltellinai che fabbrichino coltelli e forbici di ogni dimensione? Magari dei ramai che lavorano il rame sbalzato? O ti incuriosisce la fabbricazione delle zampogne? Allora sei nella regione giusta, Valentina. I paesi che la popolano sono ancora legati alle tradizioni del passato. Hanno dei nomi strani e curiosi, ma belli da pronunciare. Si chiamano Agnone, Pietrabbondante, Pescopennataro, Vastogirardi, Capracotta. Quest'ultimo si

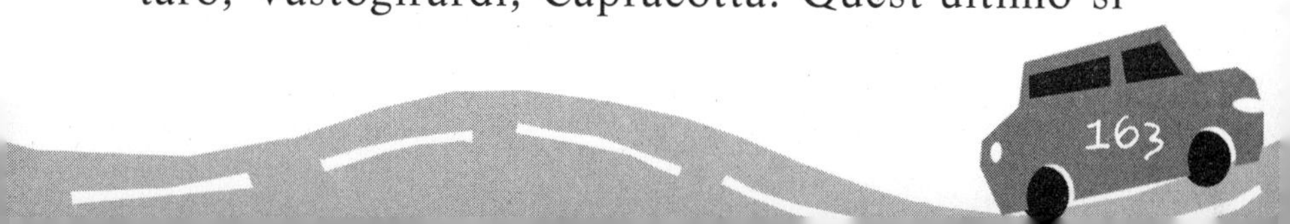

trova a 1.400 metri di quota e sembra sospeso fra la terra e il cielo. Ma non andremo fin lassù. La nostra prima tappa è Agnone.

– Cos'ha di speciale questo paese?

– Vi si fabbricano le campane, Valentina. E non solo per l'Italia, ma per anche per New York e Sidney. Così l'aria del mondo si riempie di suoni inventati nel Molise.

– Le campane! Non mi sono mai chiesta come si fanno e chi le fa…

Ad Agnone ci hanno indicato subito la Pontificia Fonderia dei fratelli Marinelli.

– Andate, andate. Vi faranno sicuramente assistere a una colata – ci ha detto un signore che sembrava il sindaco del paese.

Quando siamo entrate nella fucina della fonderia, mi è sembrato di mettere il naso nel cuore di un vulcano. E di lì a poco abbiamo assistito a una colata di bronzo incandescente, tra il crepitio delle fiamme e dense nuvole di fumo.

– Non avrei mai immaginato una cosa del genere! – ho esclamato.

E mi sono chiesta da quale chiesa e in quale

parte del mondo la campana appena costruita avrebbe lanciato al cielo il suo suono argentino.

Ad Agnone si fabbricano campane da quasi mille anni. Il metodo di produzione è sempre lo stesso. Ci vuole molta pazienza e niente deve essere lasciato al caso.

Perché una campana riesca bene, bisogna calcolare con esattezza lo spessore, il peso, il diametro, l'altezza. Per realizzarla ci vogliono da uno a tre mesi.

La colata avviene alla temperatura di 1.150 gradi centigradi e si ottiene col fuoco di grandi cataste di legna. La lega di metallo fuso è costituita di 78 parti di rame e 22 di stagno. Ma i particolari della fabbricazione sono un segreto ben custodito.

DA AGNONE A SCAPOLI, DALLE CAMPANE ALLE ZAMPOGNE...

Prima di lasciare Agnone, siamo entrate nella Pasticceria Carosella. In vetrina avevo visto dei confetti ricci che dovevano essere squisiti.

– Sono le mandorle confettate – ha precisato la

signora che ce le ha vendute. – Una specialità del luogo.

Entrando nel piccolo villaggio di Scapoli, Stefi mi ha chiesto: – Ti piace il suono della zampogna?

– Lo sento almeno un paio di volte l'anno – le ho risposto. – A giugno e a Natale. Due uomini, vestiti da pastore e con strani cappelloni, si fermano sotto casa e suonano per qualche minuto. Io mi affaccio alla finestra, pinzo una banconota con una molletta da bucato e gliela lancio. È un bel suono e mi ricorda sempre la poesia "Le ciaramelle" di Giovanni Pascoli. La conosci?

– Sì, l'ho imparata anch'io da piccola. Devi sapere che a Scapoli ci sono numerosi costruttori e suonatori di zampogna. Anch'essi custodiscono gelosamente nelle loro botteghe i segreti di costruzione di questo strumento musicale. Cerchiamo uno dei loro laboratori, per saperne di più.

I molisani sono proprio gentili. Nessuno ha fatto storie e la mia curiosità è stata subito soddisfatta. Ho potuto persino toccare la sacca di pelle di capra conciata dove si immagazzina l'aria della zampogna e le cannule. Un anziano con i capelli bianchi e una lunga barba ha preso una zampogna e mi ha suonato una specie di nenia di Natale.

– Grazie, è proprio bravo – gli ho detto.

– Dove abiti? – mi ha chiesto.

– A Torino.

– Ho un amico che è venuto qualche volta da quelle parti.

«Che sia uno di quelli che si fermano sotto casa mia?» ho pensato.

Ma non ho avuto tempo di indagare, perché Stefi voleva arrivare a Isernia prima di sera.

GIÀ GLI ANTICHI EGIZI, GRECI E ROMANI SUONAVANO LA ZAMPOGNA

La zampogna è costituita da tre canne sonore, di legno, e da una sacca realizzata in pelle di capra conciata. Il legno adoperato è il sorbo, l'acero, o anche il prugno e il ciliegio. Il legno migliore è però l'ebano, ma è costoso e difficile da trovare.

La canna centrale, che emette la nota fissa, si chiama "bordone". Le altre due, che consentono di fare gli accordi, si chiamano "ritta" e "manca".

In realtà le canne della zampogna sono 4. Ma una è del tutto inutile. Chissà perché la fanno?

Nel 2001 il "Festival della Zampogna" di Scapoli ha festeggiato i suoi 25 anni.

ISERNIA, I MERLETTI, IL TOMBOLO...

– Sai in cos'era brava più di tutto mia nonna? – mi ha detto Stefi mentre ci avvicinavamo a Isernia. – Nei lavori all'uncinetto e nei merletti che faceva al tombolo.

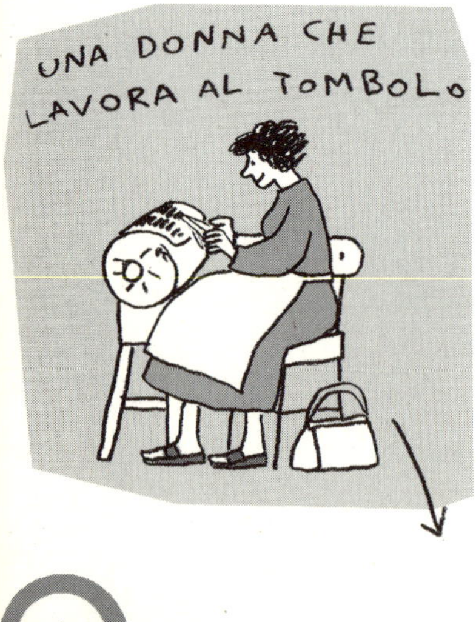

– Non ne ho mai visto uno, nemmeno in fotografia.

– Più tardi ne vedremo parecchi. Mia nonna era abile, ma si considerava una dilettante. Diceva di conoscere donne che creavano delle vere opere d'arte col tombolo. Secondo me, molte sono proprio di Isernia.

E non è stato difficile trovarle. Infatti, quando ci siamo messe a passeggiare per i vicoli della città, ne abbiamo viste alcune chine su degli scannetti, sui quali erano posti dei cilindri di stoffa.

A una delle più giovani, Stefi ha chiesto: – Le dispiace se osserviamo come lavora al tombolo?

La donna ci ha offerto due sedie e ci ha fatte accomodare come se fossimo amiche da sempre.

– Così giovane e già così brava! – ha esclamato Stefi.

– Mi ha insegnato mia madre fin da quando ero piccola. Volete entrare in casa?

Ho pensato che forse voleva offrirci un bicchiere d'acqua, visto che faceva così caldo, anche se non l'avevamo chiesto. Ma la donna ci ha accompagnate in una stanza molto fresca, ha aperto i cassetti di un comò e sul letto matrimoniale ha disposto delicatamente tovaglie, lenzuola, copriletti, centritavola, tende, scialli…

UN MERLETTO

– Che meraviglia! – ho esclamato. – Posso toccarli?

– Fai pure.

Stefi e io le abbiamo fatto

i complimenti. Ma prima di salutarla, le ho chiesto: – Mi venderebbe qualcosa? Vorrei fare un regalo a mia madre.

La donna ci ha pensato su, poi ha preso un centrino con tanti cuori intrecciati e mi ha detto: – Ne ho parecchi. Prendilo, te lo regalo.

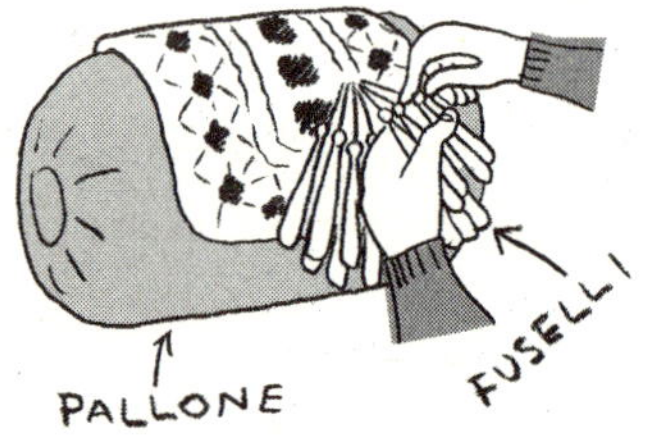

Secondo fonti storiche, l'arte del tombolo fu introdotta a Isernia da alcune suore spagnole intorno al XV secolo.

La lavorazione al tombolo è un'arte che non si insegna a scuola, ma si tramanda di generazione in generazione. Ed è sopravvissuta fino a oggi grazie alle donne isernine.

Con strumenti molto semplici si realizzano splendide creazioni. Ci vuole un cuscino a forma cilindrica chiamato "pallone" e dei bastoncini di legno chiamati "fuselli".

Sul cuscino è fissato un cartone che riporta il disegno che prenderà il ricamo.

I "fuselli" a un'estremità servono da impugnatura, all'altra da bobina sulla quale si avvolgono i fili del merletto.

A seconda di come si muovono i fuselli (se ne usano in media 24) da una mano all'altra, vengono fuori disegni molto diversi.

I TRATTURI...

Stefi ha voluto farmi vedere anche Campobasso.

Ma durante il viaggio, a un certo punto, ha fatto una deviazione dalla statale e si è fermata davanti a un sentiero erboso.

Era largo, a occhio e croce, un centinaio di metri e Stefi mi ha detto: – Hai davanti a te un "tratturo", Valentina. Prima che i Romani costruissero le loro strade, erano queste le vie di comunicazione principali tra l'Abruzzo, il Molise e la Puglia, tra le montagne e la costa. Hanno funzionato per millenni. Lungo il loro percorso si trovano molte grotte. Vi si riparavano gli uomini primitivi, quando accompagnavano le loro greggi verso il mare.

– Adesso non si fa più?

– Lo si faceva fino a non molto tempo fa. Era un fenomeno che si chiamava "transumanza". Oggi le greggi restano negli ovili e non vengono più portate a svernare nei pascoli della Puglia.

– Ce n'erano molti di questi sentieri?

– Sì. Pensa che nel periodo di massimo sviluppo, questa "rete di strade" si estendeva da L'Aquila a Taranto e superava addirittura i tremila chilometri! Lungo questi percorsi sorsero molti centri abitati, come per esempio le città di Campobasso, Isernia e Bojano. Insomma: i tratturi che ora stai vedendo hanno fatto la storia, e hanno messo in contatto persone e civiltà.

CAMPANIA

NAPOLI, PIAZZA DEL PLEBISCITO, CASTEL NUOVO...

"Ti rendo grazie, o Natura,
per questa terra in cui abbandoni
le tue laboriose faccende e ti manifesti
come sposa degli dèi e regina dei
mondi. Grazie per Napoli."

Franz Grillparzer, 1819

– Napoli va girata a piedi, Valentina – mi ha detto Stefi. – Prima dei monumenti, devi conoscere le persone. E, credi a me, i napoletani sono veramente cordiali.

– Da dove cominciamo?

– Da Piazza del Plebiscito.

La piazza mi è piaciuta molto. Me la sono immaginata stracolma di bambini a passeggio, che si rincorrono, che vanno in bici. Ma era mattino presto quando ci sono arrivata con Stefi, e non c'era molta gente.

Stefi mi ha mostrato il Palazzo Reale che chiude un lato della piazza, poi mi ha condotta sotto la Galleria Umberto I.

– Ma è come quella di Milano! – ho esclamato.

– Più o meno. Anche questa è fatta di ferro e vetro. E adesso vedrai il Teatro San Carlo: uno dei teatri d'opera più belli del mondo.

Non sono mai stata a teatro finora. Ma mio padre ha promesso di portarmi al Teatro Regio di Torino, prima o poi. Poco distante dal San Carlo si trova il Castel Nuovo, o Maschio Angioino. È davvero imponente ed è cinto da profondi fossati.

– E adesso andiamo prima a Spaccanapoli, poi facciamo una passeggiata in Via San Gregorio Armeno.

Questa strada mi ha colpito molto perché è piena di botteghe di figurinai. Mai viste tante statue per il presepe! Ce n'erano di tutte le dimensioni e molto espressive. Un pastore sembrava addirittura vivo!

– Stavo per dimenticarmene! – ho esclamato. – Ho promesso a Ottilia di portarle una statuina di Pulcinella. Vediamo se le vendono.

Ne vendevano, e ne ho comprata una per Ottilia e una per me. Quando stavo per uscire dal negozio, il negoziante mi ha chiesto: – E contro la jettatura, non facite niente a Torino?

– Che cosa dovremmo fare? – gli ho chiesto ridendo.

– Tenere almeno uno di questi a portata di mano.

E mi ha mostrato una sfilza di cornetti lucidi e rossi. Alla fine, l'uomo mi ha convinta a comprarne uno. L'ho pagato e gli ho chiesto: – È sicuro che funziona?

– Leggi lì.

Su un cartello appeso accanto alla porta del negozio c'era scritto in stampatello: «I corni sono tutti collaudati».

Castel Nuovo (o Maschio Angioino) fu costruito nel 1282 dagli architetti del re Carlo I d'Angiò. L'ingresso dal lato della città è abbellito da uno splendido arco di trionfo.

Il Teatro San Carlo fu eretto sotto Carlo III di Borbone nel 1737. Fu ricostruito in stile neoclassico nel 1816. L'interno è a 6 ordini di palchi, decorato con legno dorato e stucchi.

Piazza del Plebiscito fu sistemata durante il regno di Gioacchino Murat. Ha forma di emiciclo. Da un lato è chiusa dal Pa-

– È sicuro che funzioni?

lazzo Reale, dall'altro dalla chiesa di San Francesco da Paola, costruita sul modello del Pantheon di Roma.

Spaccanapoli è l'asse formato dalle vie Benedetto Croce, San Biagio dei Librai e Vicaria Vecchia. Taglia in due il centro cittadino, ed è per questo che si chiama Spaccanapoli.

SPACCANAPOLI, VIA TOLEDO, I QUARTIERI SPAGNOLI...

Dopo aver visitato il Duomo con il tesoro di San Gennaro, siamo tornate indietro per Spaccanapoli e ci siamo fermate nella Chiesa di Santa Chiara. Abbiamo visitato il Chiostro delle Clarisse e mi sono incantata davanti alle colonne del pergolato, che erano di maiolica dipinta.

Ho osservato i paesaggi, le scene di vita campestre, i soggetti mitologici e ho detto a Stefi: – Non sembrano proprio le colonne del chiostro di una chiesa.

In Via Toledo, Stefi mi ha spiegato: – È una via elegante ed è isola pedonale dall'incrocio con Via

Diaz fino a Piazza Trieste e Trento. Da qui entreremo nei Quartieri Spagnoli.

Stavo per dirle che i Quartieri Spagnoli somigliavano un po' alla zona di Torino intorno a Porta Palazzo, ma mi sono subito resa conto che in realtà erano un'altra cosa.

Le strade erano strette, molte porte si aprivano sulla strada, i panni erano distesi tra un balcone e l'altro, alcune donne erano sedute davanti alle case e chiacchieravano tra loro come se si trovassero in un salotto all'aperto e accanto ad alcune abitazioni al piano terra c'erano degli altarini.

Mi sono sentita un po' stringere il cuore mentre camminavo tra quelle vie, perché ho intuito che quelle case non dovevano avere tutte le comodità che ci sono in casa mia.

Una signora anziana con i capelli raccolti a crocchia ha notato che osservavo con curiosità un altarino e mi ha detto: – Sono i nostri santi protettori. Tu ne hai uno?

– Non so – ho balbettato. – Il patrono di Torino è San Giovanni.

– San Gennaro è più forte! – ha detto la donna

scuotendo la testa. Ed è tornata a chiacchierare con la vicina.

Abbiamo schivato un bel po' di motorini che apparivano e sparivano in un vicolo o dietro un angolo, e siamo finite tra i banchi dei venditori ambulanti di Via Pignasecca.

– Non è mai troppo presto per mangiare una pizza – ha detto Stefi.

Ne abbiamo presa una a testa, ma non l'abbiamo mangiata in pizzeria. Il pizzaiolo ce l'ha piegata in quattro, "a portafoglio", e l'abbiamo divorata per strada.

– Stasera andremo a mangiarne un'altra alla Pizzeria Brandi, all'angolo con Via Chiaia, dove è stata inventata la Pizza Margherita – mi ha detto Stefi. – E mangeremo la vera pizza, non una surgelata o una di quelle che servono all'estero e che della pizza hanno solo il nome.

– A meno che non siano fatte da napoletani veraci – ho osservato io.

E ho pensato alla pizza che avevo mangiato a Zurigo, quando il maestro ci aveva portato in gita scolastica.

Il Duomo fu costruito nel XIV secolo e più volte rimaneggiato. Particolarmente venerata è la Cappella di San Gennaro. Dietro l'altare si conservano le due ampolle contenenti il sangue del santo. Se non si liquefà due volte l'anno, si dice che sulla città potrebbe abbattersi qualche calamità. Il miracolo di San Gennaro ha luogo la prima domenica di maggio e il 19 settembre.

Via Toledo originariamente era lunga oltre 1 chilometro e faceva da collegamento fra le zone più settentrionali della città e il centro, con Castel Nuovo e il porto.

La zona dei Quartieri Spagnoli è adiacente a Via Toledo. Ospitò le truppe spagnole fino al 1651. I Quartieri Spagnoli sono affollati, congestionati, dei veri formicai. È indispensabile entrarci però, per conoscere l'altra faccia di Napoli.

IL GOLFO DI NAPOLI, IL VESUVIO, I CAMPI FLEGREI...

Nel primo pomeriggio ci siamo affacciate sul lungomare. Via Caracciolo me l'ero immaginata più o meno com'era. E ho invidiato i ragazzini che si tuffavano dagli scogli sottostanti senza paura.

Stefi mi ha indicato la collina di Posillipo, il Vesuvio e mi ha detto: – Il Golfo di Napoli non ha paragoni al mondo. Il Vesuvio non ha più il pennacchio di fumo che esce dalla cima, ma credo che faccia lo stesso un po' paura. Adesso è addormentato e spero che lo resti a lungo.

– Mi piacerebbe vedere Ercolano e Pompei – ho detto a Stefi. – A scuola il maestro ci ha letto quello che accadde durante l'eruzione che le distrusse nel 79 dopo Cristo e mi è sembrato un racconto dell'orrore.

– Non so se troveremo il tempo. Intanto, però, possiamo andare ai Campi Flegrei, vicino a Pozzuoli, per vedere un paesaggio vulcanico indimenticabile.

A Pozzuoli si arriva con la linea ferroviaria Cumana. Quando siamo state nella zona dei Campi, non sapevo dove mettere i piedi. Avevo l'impressione di essere sulle sabbie mobili e temevo di sprofondare da un momento all'altro. Crepacci che esalavano vapori di zolfo, acque bollenti, montagnole di scorie, bolle che affioravano e scoppiavano...

– Cos'è, l'inferno? – ho chiesto a Stefi.

– Secondo gli antichi, da queste parti c'era la porta per la quale si accedeva agli Inferi – ha sorriso Stefi tappandosi il naso.

Stefi mi ha fatta entrare anche nell'Antro della Sibilla a Cuma.

– La Sibilla prediceva il futuro – mi ha ricordato.

– Preferisco non sapere cosa mi succederà – ho detto. – Se saranno cose belle, non voglio che mi si rovini la sorpresa. Se saranno brutte, è meglio non scoprirlo fino all'ultimo momento!

Il Vesuvio, con l'Etna, è uno dei pochi vulcani europei ancora attivi. È costituito da due cime: a nord il Monte Somma (1.132 metri), a sud il Vesuvio propriamente detto (1.277 metri). Col tempo, le sue pendici inferiori si sono trasformate in terreni fertilissimi, dove oggi crescono frutteti e vigneti.

L'ultima eruzione, nel 1944, ha modificato il profilo del cratere. Da allora, il vulcano emette solo qualche fumarola.

Alla regione che si estende ad arco lungo il golfo di Pozzuoli, gli antichi diedero il nome di "Campi Flegrei". E ciò per la sua natura vulcanica ("flegraios", in greco antico, significa "ardente"). Sia dal suolo, sia dal mare, zampillano sorgenti termali, si sprigionano fumarole, gas e vapori di zolfo. Ciò indica che vi è una notevole attività vulcanica sotterranea. Ci sono anche fenomeni di bradisismo, ossia lente variazioni del livello del suolo.

DALLA COSTIERA AMALFITANA ALLA REGGIA DI CASERTA

– Lo so che può sembrare un visita scontata, ma la Costiera Amalfitana è così bella che dobbiamo proprio andarci.

Stefi è brava e calma quando guida. Ma oggi ho avuto un continuo batticuore mentre l'auto zigzagava lungo la Costiera.

Su quei trenta chilometri di strada ho scoperto dei paesaggi strepitosi. Le scogliere a picco sul mare erano a dir poco fantastiche. E che dire di certe gole profonde, attraversate da ponti che davano le vertigini solo a guardarli? E poi torri e torri, aggrappate a speroni di roccia. I villaggi dei pescatori, invece, erano così tranquilli! E c'era da rimaner sbalorditi nel vedere l'alternarsi di aranci, limoni, ulivi, mandorli, viti e di quasi tutta la flora mediterranea.

Ci siamo fermate a Positano, a Vettica Maggiore, ad Amalfi e a Ravello.

Ravello (che si raggiunge da Amalfi con una strada a serpentina) sembra fluttuare tra cielo e mare. Le sue viuzze sono proprio belle, e così le sue scalinate e i suoi passaggi a volta. Dopo aver pranzato, ci siamo rimesse in macchina, abbiamo imboccato l'autostrada e ci siamo dirette a Caserta.

La Reggia di Caserta è sicuramente splendida. Ma anche il parco sul quale si affaccia è stupendo: un percorso verde di tre chilometri, lungo il quale si trovano vasche, fontane e cascate.

– Ci sarà voluta una bella spesa, per fare tutto questo – ho commentato.

– In ogni caso oggi è patrimonio comune e possiamo godercelo liberamente – ha detto Stefi.

E dopo aver respirato un'ora di aria pura tra il verde e lo scrosciare dell'acqua, abbiamo lasciato la Piana del Volturno, abbiamo attraversato l'Irpinia e siamo arrivate in Puglia.

Nel 1752 Carlo III di Borbone ordinò la costruzione della Reggia di Caserta all'architetto Luigi Vanvitelli. Il palazzo è

uno dei più grandiosi d'Italia.

L'edificio vero e proprio è largo quasi 250 metri. Conta 1.200 stanze, quasi 2.000 finestre e 34 scale. Per costruirlo furono messi al lavoro i prigionieri sottratti alle galere. Inoltre vennero organizzate delle spedizioni navali per rastrellare schiavi lungo le coste africane: circa 3.000 uomini.

Anche il parco è opera di Luigi Vanvitelli e del figlio Carlo. La cascata che lo abbellisce è alta 78 metri.

La pianura dove scorre il Volturno viene chiamata anche "Terra di Lavoro", sia perché il suolo è molto fertile, sia perché l'attività agricola che vi si svolge è molto intensa.

PUGLIA

IL GARGANO, LA FORESTA UMBRA, IL TAVOLIERE

– Mai stata in vacanza sul Gargano, Valentina?

– Mai.

– Allora preparati a sognare. Siamo in Puglia, una terra che ha poca acqua e tanta sete, ma che ci regala una foresta come poche altre.

Stefi mi ha portata dapprima sulla costa, a guardare le pareti a picco, le falesie sparse di pini, il mare azzurro e trasparente. Siamo rimaste un'ora circa a Vieste e dopo aver contemplato da lontano le Isole Tremiti, ci siamo addentrate verso l'interno.

– Stiamo per entrare nella Foresta Umbra – mi ha detto quando abbiamo cominciato a salire sempre più su con l'auto. – E ci entreremo a piedi.

Mentre camminavamo nella foresta, a un certo punto gli alberi sono diventati così alti e così fitti, che il sole è completamente scomparso sulle nostre teste e intorno a noi si è fatto il buio.

Il silenzio era quasi assoluto e solo di quando in quando si udivano dei suoni smorzati, che sembravano i sospiri di un animale addormentato.

Uscendo dalla foresta, ho detto a Stefi: – È stato come entrare in un mondo fatato. Non mi era mai successo.

Mentre percorrevamo la grande pianura del Tavoliere, ho osservato gli estesi campi di grano. Il grano era stato già raccolto e qua e là i contadini stavano bruciando le stoppie.

Il Gargano è una terra affascinante: bianche scogliere a picco sull'Adriatico, spiagge che si affacciano su un mare blu-cobalto, caverne marine piene di mistero...

La Foresta Umbra è un impenetrabile intrico di pini, aceri, frassini, roveri, abeti, lecci e faggi colossali, che con le loro fronde coprono i cielo. In questo immenso polmone verde ci sono anche alcuni alberi pluricentenari. Tra questi un faggio, due pini di Aleppo, un tasso, un carrubo, un leccio e un ulivo, che hanno età comprese fra i 500 e i 700 anni. Nella foresta (che è tra le più antiche d'Europa) vivono il capriolo garganico (che è molto raro) e il gatto selvatico.

SAN GIOVANNI ROTONDO, CASTEL DEL MONTE, LE GROTTE DI CASTELLANA

Stefi ha voluto fare una tappa a San Giovanni Rotondo.

– Ormai non c'è nessuno che non abbia sentito parlare almeno una volta di Padre Pio, che da poco è stato proclamato santo. Ma, tra tutti i miracoli che gli vengono attribuiti, per me il più grande è la "Casa Sollievo della Sofferenza", l'ospedale voluto proprio da lui…

Quando ci siamo passate davanti, ho pensato agli ammalati che l'affollano. Con gli ospedali ho avuto a che fare un paio di volte e so cosa significa passare ore e giorni tra quei letti bianchi.

– Prima delle Grotte di Castellana, diamo un'occhiata al meraviglioso Castel Del Monte – mi ha detto Stefi.

– Ma è quello riprodotto sulla moneta da un centesimo di euro! – ho esclamato quando me lo sono visto davanti con i suoi otto torrioni, isolato su un colle e circondato da una vasta e solitaria campagna.

– Qualcuno lo ha definito il più bel castello d'Europa.

A me è sembrato severo, ma anche gentile… insomma, non saprei dire!

Alle Grotte di Castellana siamo arrivate percorrendo una strada fiancheggiata da vigneti e uliveti.

Faceva un gran caldo, sentivo cantare le cicale e mi sentivo un po' stordita.

Nelle Grotte si stava molto più freschi e lo spettacolo era assicurato. La nostra guida ci parlava della Grotta della Lupa, del Corridoio dell'Angelo, del Piccolo Paradiso, del Duomo di Milano e di Torre di Pisa. Ma la caverna più bella che abbiamo visto è stata la Caverna Bianca. Era davvero splendente. Una volta fuori, ho dovuto chiudere gli occhi davanti al sole accecante.

Padre Pio (il suo nome di battesimo era Francesco Forgione) nacque nel 1887 a Pietrelcina, un piccolo paese vicino a Benevento. Figlio di piccoli possidenti terrieri, da bambino lavorò nei campi. Ben presto si manifestò la sua vocazione religiosa e così si dedicò al sacerdozio. A San Giovanni Rotondo egli giunse nel 1916 e ci rimase fino alla morte.

Castel del Monte fu fatto costruire nel 1240 da Federico II di Svevia. Ha forma ottagonale, con 8 torrioni sugli spigoli.

Le Grotte di Castellana sono una meraviglia della natura. Il merito di averle scoperte spetta allo speleologo italiano Franco Anelli. Nel 1938 si calò sul fondo della voragine carsica chiamata "Grave" ed esplorò per primo le cavità di quel regno sotterraneo lungo circa 2 chilometri.

BARI, ALBEROBELLO, I TRULLI

Da Castellana Grotte Stefi ha fatto dietrofront e si è diretta sulla costa, verso Bari.

– Visiteremo soprattutto la parte vecchia – mi ha detto. – Le parti moderne delle città si somigliano troppo e non c'è quasi il gusto della scoperta. Invece ciò che è stato eretto e costruito nel IX secolo, cioè più di mille anni fa, riserva tantissime sorprese.

Ci siamo immerse tra vicoli, piazzette, stradine lastricate, e ogni tanto ci affacciavamo dentro cortili interni che davano aria e luce alle case. A un certo punto, zigzagando nel labirinto di stradine del borgo antico, siamo finite davanti alla Basilica di San Nicola.

– Proprio dove volevo arrivare – ha detto Stefi. – Dire Bari e dire san Nicola è la stessa cosa.

Prima di lasciare la città, abbiamo passeggiato sul Lungomare Nazario Sauro. Ho aguzzato gli occhi per vedere la costa al di là dell'Adriatico, ma c'era troppa foschia.

Ad Alberobello siamo arrivate nel primo pomeriggio. – Ci siamo venute per i trulli, vero? – ho chiesto a Stefi.

– Naturalmente. Ti piacerebbe vederne uno dall'interno?

– Magari! Però forse non ci lasceranno entrare. In fondo, non sono monumenti, ma case dove abitano delle persone.

Invece entrare in un trullo è stato più facile di quello che immaginavo. Una donna con un fazzoletto in testa, seduta su una panchetta in strada davanti al suo, si è subito alzata per farmi entrare.

– Prego, prego, non disturbate affatto.

E così ho potuto vedere come il locale centrale comunichi con gli ambienti circostanti. C'era una gran pulizia dappertutto e un buon odore di fresco.

Prima di lasciarci andare, la donna ha voluto offrirci dell'uva, dei fichi e una fetta di cocomero.

Io ho mangiato tutto e Stefi avrebbe voluto pagarle qualcosa. Ma la donna le ha detto: – Signorì, fate come a casa vostra.

Bari è formata da due parti: quella vecchia, medievale, e quella moderna, con strade ampie e palazzi imponenti.

La Basilica di San Nicola cominciò a essere costruita nel 1087, quando furono trafugate dall'oriente le spoglie del santo.

I lavori andarono avanti per oltre un secolo, fino al 1197.

I trulli sorgono per lo più isolati nella campagna. Ma ad Alberobello costituiscono tutto il centro storico. Il trullo è un'abitazione contadina a pianta circolare e con il tetto a cono. Le pareti e il tetto sono fatti di pietre raccolte dissodando i campi e unite senza cemento, cioè "a secco".

I pinnacoli che chiudono i tetti hanno varie forme (a sfera, a stella, a pignone, eccetera). Sul tetto nero con il latte di calce sono dipinti vari simboli: servono a invocare la protezione divina.

CASTELLANETA, LATERZA, LE GRAVINE, TARANTO, LECCE

A Castellaneta,
dove da piccolo ho imparato
a giocare il gioco della vita

– **Le Murge sono un altipiano** di origine calcarea disseminato di grotte e gravine, lunghi cre-

pacci scavati dall'acqua nella pietra – mi ha spiegato Stefi, mentre l'auto saliva e scendeva per una serie di basse colline, ancora una volta tra campi di grano, vigne e uliveti.

– Voglio mostrartene una tra le più impressionanti – ha continuato Stefi.

– Dove stiamo andando?

– A Castellaneta, dove è nato un attore famoso: Rodolfo Valentino.

Lasciata l'auto nella parte nuova di Castellaneta, abbiamo risalito la parte vecchia della città. È stata una bella salita, che è terminata davanti alla cattedrale.

Ed è stato da lì, cioè da un piccolo belvedere, che mi sono affacciata su un baratro profondo e selvaggio.

La terra sembrava spaccata da un terremoto,

sulle pareti scoscese correvano audaci sentierini, qua e là si aprivano fenditure e grotte e in basso c'erano delle pozze d'acqua stagnante.

Ero sbalordita e incantata, e ho pensato che non avrei dimenticato facilmente quel posto.

– Ci sono voluti migliaia di anni per formare questo paesaggio dantesco – ha detto Stefi. – Ma visto che ti affascina tanto, voglio mostrartene un altro che si trova non molto lontano da qui.

Così siamo andate a Laterza e abbiamo visto un'altra, immensa gravina.

Con le gravine ancora negli occhi, siamo risalite in macchina e ci siamo dirette a Taranto. In questa città ho visto più pescatori che in qualunque altro posto visitato finora. Erano tutti sul molo della città vecchia, una bancarella vicino all'altra, e gridavano perché la gente si accostasse alle loro cassette piene di triglie, di sarde, di cefali. Discutevano sul prezzo, incartocciavano il pesce, lo pesavano e ricominciavano a gridare per invitare altra gente a comprare il loro pesce fresco e profumato di mare.

Prima di tornare nella parte nuova della città, ho assistito all'apertura del ponte girevole e al passaggio di una nave militare che rientrava nel porto.

– Non possiamo farci sfuggire Lecce – mi ha detto Stefi. – Forse non sai cosa vuol dire arte barocca. Ma dopo aver visitato questa bellissima città, saprai come rispondere a chi te lo chiede.

Entrate a Lecce, Stefi ha chiesto informazioni a un vigile urbano e siamo finite direttamente davanti alla Chiesa di Santa Croce.

– Guarda che meraviglia! – ha commentato.

Aveva ragione: i miei occhi andavano ai fregi e alle decorazioni della parte centrale e di quella alta della chiesa. Non avevo mai visto una varietà di personaggi come quelli che affollavano la facciata: animali, figure umane in atteggiamenti curiosi ed enormi vasi fioriti.

– Questo è lo stile Barocco – mi ha detto Stefi. – Ma quello di Lecce è un barocco speciale, più elegante di quello del resto d'Italia.

La Gravina di Castellaneta è profonda 145 metri e larga 350. È una valle di erosione, formata dallo scorrere delle acque torrentizie provenienti dalle Murge.

Taranto sorge sull'omonimo golfo ionico. I due ponti che collegano la città vecchia alla nuova formano una laguna interna chiamata "Mare Piccolo", e un'insenatura più grande, esterna, chiamata "Mare Grande".

Il Barocco è uno stile artistico che si affermò nel XVII secolo, in tutti i campi, ma soprattutto in architettura.

Lecce è una città molto antica. Il centro storico però è barocco e risale al periodo tra il XVII e il XVIII secolo.

Gli edifici sono fatti perlopiù in "pietra leccese", abbondante nelle cave del posto. È una pietra tenera quando si estrae, ma che col passare del tempo s'indurisce e assume un colore dorato molto vivo. Perciò era molto adatta a essere incisa e intagliata in mille forme.

BASILICATA

MATERA, I SASSI...

– La Basilicata, purtroppo, è una delle regioni più povere del nostro paese – mi ha detto Stefi. – Cominceremo da Matera, che è quasi al confine con la Puglia. Perciò non devi meravigliarti se anche lì vedrai una gravina. E che gravina! Ma prima di arrivarci, voglio leggerti le parole di uno scrittore che la riguardano. Si tratta di Carlo Levi, che nacque nel 1902 proprio nella tua città, a Torino. Ascolta:

Arrivai a Matera... verso le undici del mattino. Avevo letto nella guida che è una città pittoresca, che merita di essere visitata, che c'è un museo di arte antica e delle curiose abitazioni trogloditiche.

Allontanatomi un poco dalla stazione, arrivai a una strada, che da un solo lato era fiancheggiata da vecchie case, e dall'altro costeggiava un precipizio.

In quel precipizio è Matera.

La forma di quel burrone era strana; come quella di due mezzi imbuti affiancati, separati da un piccolo sperone e riuniti in basso in un apice comune, dove si vedeva, di lassù, una chiesa bianca, Santa Maria de Idris, che pareva ficcata nella terra.

Questi coni rovesciati, questi imbuti, si chiamano Sassi.

...In quello stretto spazio tra le facciate e il declivio passano le strade, e sono insieme pavimenti per chi esce dalle abitazioni di sopra e tetti per quelli di sotto.

...Alzando gli occhi vidi finalmente apparire, come un muro obliquo, tutta Matera.

...È davvero una città bellissima, pittoresca e impressionante...

Ho preso il libro dalle mani di Stefi: il titolo era *Cristo si è fermato a Eboli*. Sono rimasta zitta per qualche secondo.

– Ma è proprio così come lui l'ha descritta? – ho chiesto a Stefi, un po' incredula.

– Sì. Ma oggi in quelle case nel burrone non abita più nessuno.

– Portamici. Non sto più nella pelle.

A Matera sorsero delle comunità fin dall'epoca preistoriche, ma questa città divenne un centro importante a partire dal periodo romano, malgrado le devastazioni operate da Annibale. Annessa dai Longobardi al Ducato di Benevento, fu poi dominata dai Bizantini nel IX secolo.

Matera sorge sul ciglio di una profonda gravina, che la separa dalle Murge Pugliesi. È formata da una parte moderna, collocata su un altopiano, e da una parte antica, la città bassa.

I pendii rocciosi della città sono stati scavati e si contano circa 130 chiese rupestri, cioè costruite nella roccia.

Sui lati della rupe dove sorge il Duomo del XIII secolo, si trovano i 2 quartieri trogloditici, formati da piccole case imbiancate a calce. Sono i famosi Sassi, che si chiamano "Sasso Caveoso" e "Sasso Barisano".

È un importante mercato agricolo.

UN MONDO A PARTE...

Prima di arrivare a Matera, abbiamo attraversato delle vaste distese di campi di grano e di ulivi. Poi, di colpo, quella profonda spaccatura nel terreno. Stefi mi ha portata subito in Piazza Pascoli e di lì, affacciandomi alla balconata, ho visto il quartiere che si chiama Sasso Caveoso.

Non credevo ai miei occhi. Come avevano potuto costruire delle case laggiù? Come avevano fatto a scavare nelle rocce? E come potevano abitare in quel formicaio dove non pareva esserci aria per respirare? Ero intimidita, ma anche ammirata dagli uomini e dalle donne che si erano scavati i loro buchi, le loro povere case, nel poco spazio che la natura aveva messo loro a disposizione.

– Oh, Stefi! Non avrei mai immaginato una cosa del genere. Vorrei camminare per quelle stradine!

– Lo faremo. Adesso andiamo in Via Duomo. È un via che corre lungo il tracciato delle antiche mura medievali e divide il Sasso Caveoso dal Sasso Barisano.

Una volta arrivate, la visione dei Sassi mi ha

presa al cuore. Quello che vedevo era un mondo a parte. Un mondo che nella mia testa era fatto di paura e di coraggio, di povertà e di voglia di vivere. Come sarei stata se fossi vissuta laggiù? Quali desideri e quali sogni avrei coltivato?

I pendii della Gravina di Matera nel corso del tempo furono scavati per realizzare cunicoli, cisterne e complessi architettonici sotterranei. I materiali di scavo venivano tagliati in blocchi quadrangolari ed erano utilizzati per costruire muri a secco, strade e scalinate. I Sassi sono stati abitati fino a circa il 1950. Da allora è cominciato lo sfollamento. A quell'epoca vi abitavano circa 15.000 persone: i due terzi della popolazione di Matera. Le abitazioni erano spesso senza finestre, avevano un solo sbocco all'esterno, ospitavano a volte anche muli e asini.

PROVERBI IN PIAZZA VITTORIO VENETO

Verso mezzogiorno siamo andate a sederci in Piazza Vittorio Veneto. E lì abbiamo conosciuto una donna, Maddalena, che sembrava ci stesse aspettando per chiacchierare con noi. – Io in quei Sassi ci ho vissuto – ci ha detto. – Avevo vent’anni e la vita era dura. Ma almeno parlavo con le mie vicine di casa e non mi sentivo sola. Oggi abito in un condominio e non parlo quasi mai con gli altri. E della televisione non so che farmene. Io quando parlo voglio guardare negli occhi le persone. Proprio come sto facendo con voi.

Era bello ascoltarla.

– Sei piccola ma sei curiosa – mi ha detto vedendomi pendere dalle sue labbra.

E quando Stefi e io siamo state sul punto di salutarla, mi ha detto: – Ti regalo due proverbi, va’. Il primo dice: “Lu sazio non crede a lu digiuno”, che vuol dire “Chi è sazio non crede a chi è digiuno”. E l’altro è: “Quando lu diavolo t’accarezza vole l’anema”, che vuol dire “Quando il diavolo ti accarezza vuole l’anima”. Non te li spiego, perché mi sembrano chiari. Ma pensaci, mentre torni a casa.

Prima di ripartire, Stefi mi ha detto: – In Basilicata sono nati due poeti che hanno saputo raccontare con amore la loro terra: Leonardo Sinisgalli e Rocco Scotellaro. Di Rocco Scotellaro ricordo a memoria questi versi molto belli:

Sono fresche le foglie dei mandorli
i muri piovono acqua sorgiva
si scelgono la comoda riva
gli asini che trottano leggeri.
Le ragazze dagli occhi più neri
montano altere sul carro che stride
Marzo è un bambino in fasce che già ride.

Poi Stefi ha sbattuto gli occhi come se si fosse incantata: – E ora andiamo a Maratea, sul Tirreno.

I Sassi di Matera sono stati inseriti dall'Unesco nel "Patrimonio Mondiale dell'Umanità" il 6 dicembre 1993.

MARATEA

– Ti sembrerà di tornare un po' in Liguria, un po' sulla Costiera Amalfitana – mi ha detto Stefi mentre correvamo verso Maratea. – È un tratto di costa molto bello e suggestivo, te ne accorgerai.

Quando Stefi si entusiasma per qualcosa, sa trasmettermi le sue sensazioni. Non solo con le parole, ma anche con quella luce particolare che le brilla negli occhi quando vuole convincermi che crede davvero a quello che dice.

E anche questa volta non mi ha ingannata.

La costa sulla quale ci siamo affacciate era davvero stupenda. Ripide falesie e promontori a picco sul mare, piccoli lembi di sabbia bagnati da un mare trasparente e cristallino... insomma, posti da sogno. Posti per dimenticare o, viceversa, per ricordare: dipende da ciò che uno desidera.

E poi c'erano certe calette che sembravano davvero magiche. Ho pensato che si potevano prendere di peso e ficcarle in un romanzo, senza bisogno di inventare.

– Guarda quelle grotte – mi diceva ogni tanto Stefi.

Io le guardavo e all'interno m'immaginavo animali addormentati e presenze misteriose.

– Se avessimo tempo per esplorarle... – ho arrischiato.

– Purtroppo ne abbiamo pochissimo, ormai. È per questo che dobbiamo rinunciare a visitare Potenza e i laghi di Monticchio col bel paesaggio che li circonda – ha detto Stefi.

Ma prima di riprendere il nostro viaggio, siamo riuscite a percorrere la strada panoramica che conduce in vetta al Monte San Biagio.

La costa tirrenica della Basilicata è alta e frastagliata ed è ricoperta dalla macchia mediterranea. Le cale sono frequentate dal martin pescatore e dall'airone cinerino.
Numerose sono le grotte carsiche.

METAPONTO E IL LITORALE IONICO

– Entreremo in Calabria dalla costa ionica della Basilicata – mi ha detto Stefi. – Voglio che tu veda un po' della Magna Grecia lucana.

Siamo arrivate a Metaponto dopo aver fatto delle brevi soste a Lido di Policoro e a Lido di Scanzano.

Il litorale era di sabbia finissima e avrei fatto volentieri il bagno. Soprattutto perché, a un certo punto, ha cominciato a soffiare un vento caldo, umido, soffocante.

– È lo Scirocco e soffia dall'Africa – ha detto Stefi.

Sono rimasta in maglietta e pantaloncini e ci siamo avviate verso le Tavole Palatine.

Sono quindici colonne che svettano sulla sommità di una collina: era la prima volta che vedevo qualcosa di "greco". Il sole stava tramontando proprio in quel momento e la scena intorno a me si è come fermata.

– Sembra che cerchi i momenti giusti per farmi godere al meglio ogni spettacolo – ho detto a Stefi.

Sono rimasta in maglietta e pantaloncini…

– È stato un caso.

– Di cosa facevano parte queste colonne?

– Di un tempio greco.

– Com'è diversa l'Italia da queste parti.

– Sai che uno dei più famosi poeti latini era originario proprio di questa regione? Si tratta di Orazio. Quando studierai latino, lo conoscerai.

– Vale la pena studiare ancora il latino?

– Eccome! Ti servirà per capire quanta storia hai dietro di te, com'è nata la lingua che parli, e ti aiuterà perfino a capire meglio l'inglese!

Le Tavole Palatine sono quel che resta di un tempio dorico dedicato ad Hera.

Orazio Flacco, poeta latino del I secolo a.C., era originario di Venosa. Fu amico di Virgilio e di Mecenate, cantò le gioie dell'amore, dell'amicizia, della vita serena. Scrisse le "Satire", gli "Epodi", le "Epistole" e le "Odi".

CALABRIA

DALLO IONIO AL TIRRENO

– I calabresi li trovi dappertutto nel mondo – mi ha detto Stefi mentre lasciavamo Metaponto. – Sono emigrati in tanti da questa bellissima terra, che sembra appartenere più agli altri che a loro. Sai come gli antichi chiamavano la Calabria? *Calonbrio*.

– Cosa vuol dire?

– "Il paese dal quale viene ogni cosa buona". In Calabria resteremo un paio di giorni in più. Percorreremo prima tutte le sue incantevoli coste, poi ne attraverseremo il cuore, sostando sul Pollino, sulle Sile e sull'Aspromonte.

E per ore abbiamo costeggiato un mare punteggiato da spiagge e da luoghi dove avrei voluto abitare almeno una settimana l'anno. Cirò Marina... Crotone... Capo Colonna... Capo Rizzuto...

Stefi ogni tanto faceva delle soste e mi faceva toccare con mano sabbie dorate, acque limpide, terre magiche e cariche di storia.

A Capo Rizzuto, in particolare, le ho detto: – Mi chiedo perché si debba andare ai Caraibi, visto che li abbiamo a casa nostra. Guarda quest'acqua!

Non ho resistito alla tentazione di togliermi le scarpe e di entrare nel mare cristallino.

Siamo ripartite e, dopo aver superato Le Castella, Catanzaro Marina e Copanello, Stefi mi ha detto: – Questo è il Golfo di Squillace. Qui Ulisse incontrò Nausicaa.

– Conosco bene la storia di Ulisse: ce ne aveva parlato il maestro. Era un grande viaggiatore. E io sono quasi curiosa quanto lui!

Soverato… Paulonia… Riace Marina… Roccella Jonica… Locri…

I paesi si succedevano ai paesi, il mare al mare, e io mi imprimevo nella mente e negli occhi un colore, un nome, una colonna, un promontorio o una casa appollaiata su una piccola roccia.

Non smettevo di pensare a quanto fossero belli quei luoghi, e avrei tanto voluto avere vicino i miei!

Crotone, fondata nel 710 a.C., era una colonia della Magna Grecia. Nell'antichità era celebre per la sua ricchezza, la bellezza delle sue donne e le prodezze dei suoi atleti, come Milone, che fu cantato da Virgilio.

A 300 metri dalla costa calabra di Riace, nel 1972, furono ritrovati casualmente due grandi guerrieri bronzei risalenti al V secolo a.C.

Dopo il restauro, le due sculture sono oggi esposte al Museo Archeologico Nazionale di Reggio Calabria.

DA MELITO DI PORTO SALVO A PRAIA AL MARE

– Siamo nella patria del bergamotto – mi ha detto Stefi quando abbiamo superato Roccella Jonica. – Un albero simile all'arancio dal quale si estraggono essenze indispensabili in profumeria. Cresce solo in una ristretta zona tra i pendii meridionali dell'Aspromonte e nella striscia di costa che va da Roccella Jonica a Reggio Calabria. Il fatto curioso è che questa pianta non cresce in nessun'altra parte del mondo. Perciò vengono a rifornirsi in Calabria sia gli inglesi per aromatizzare il loro tè *Earl Grey*, sia i francesi per rendere più intensi e preziosi i loro profumi.

Nei pressi di Melito di Porto Salvo Stefi ha abbassato i finestrini dell'auto e mi ha detto: – Prova ad annusare.

Ho annusato e mi sono inebriata di un profumo al quale non sapevo dare il nome.

– Bergamotto e gelsomino – mi ha detto Stefi, annusando anche lei.

E via, verso Reggio Calabria, Villa San Giovanni, Scilla…

– Scilla… Scilla… ma certo! – ho esclamato. – La bella fanciulla dagli occhi grandi e dai capelli neri che non volle corrispondere all'amore del dio marino Glauco e fu trasformata per vendetta in mostro. Allora, disperata, si gettò in mare. Nel mare si formò un gorgo e dal gorgo emerse una scogliera che si affacciava sullo stretto di Messina. E quando nello stretto passavano i marinai, Scilla per la rabbia attirava le loro barche e le faceva schiantare contro la costa.

– Eccola lì, la scogliera del mito.

Sul promontorio c'era un castello e mi è sembrato che la leggenda raccontataci dal maestro fosse diventata all'improvviso realtà.

Dopo una breve sosta sulla Spiaggia delle Sirene, abbiamo proseguito lungo il Tirreno fino a Capo Vaticano. Stefi mi ha accompagnata sulla spiaggia affollata di turisti e mi ha detto: – Cinque chilometri di acque limpidissime, Valentina. Il mare più pulito d'Italia. E non lo dico io, ma quelli di "Legambiente". Persone serie, che se ne intendono.

Mi è bastato guardare gli splendidi colori verde e turchese dell'acqua per capire quale angolo di paradiso fosse quel mare.

Abbiamo infine superato Bagnara Calabra, Tropea, Marina di Paola e siamo arrivate a Praia al Mare.

A Melito di Porto Salvo c'è una lapide che ricorda come nel 1860 Garibaldi sbarcò qui dopo la sua missione in Sicilia.

Bagnara Calabra si affaccia sul mare in una bella posizione ed è il centro della pesca del pesce spada. A Paola, nel 1416, nacque san Francesco da Paola. A lui è dedicato un santuario, meta di pellegrinaggi, che sorge 2 chilometri sopra la città.

IL POLLINO, LE SILE

Siamo tornate un po' indietro, e da Scalea Stefi ha preso la statale per Mormanno.

– Andiamo sul Pollino – mi ha detto. – Una montagna straordinaria che merita di essere conosciuta a fondo. La vetta più alta si chiama Dolcedorme.

– Che bel nome.

– Quello giusto per una montagna circondata da pianori e da boschi. Se potessimo arrivare ad alta quota, ti mostrerei alcuni degli ultimi pini loricati che restano. Sono gli unici che ce l'hanno fatta, finora, a resistere al riscaldamento del clima, ai tagli e agli incendi.

Da Mormanno siamo andate prima a Morano Calabro, poi a Castrovillari e infine a Civita degli Albanesi. A Mormanno mi hanno colpito le case addossate le une alle altre e le strade strette scavate nella roccia. Ma anche Morano Calabro è pittoresco, circondato dalla corona di monti del Pollino.

Le cose più belle, tuttavia, le ho viste durante un'escursione da Civita degli Albanesi.

Un signore del posto si è offerto di farci da guida,

ci ha raccomandato di mettere scarpe robuste e ci ha detto: – Seguitemi. Percorreremo la gola del torrente Raganello.

Ci sono stati momenti in cui, alla meraviglia, si è mescolata vera paura. Volevo dire: «Basta, torniamo indietro». Ma non l'ho detto e ho camminato in silenzio tra strette pareti di roccia che, secondo me, superavano i cento metri di altezza. Ogni tanto c'erano qualche brandello di verde e massi di enormi dimensioni. Siamo tornate indietro al tramonto, e mi è sembrato di udire l'ululato di un lupo. L'uomo me l'ha confermato e poi l'ho risentito durante la notte. O forse l'ho solo sognato.

Il Pollino è diventato parco nazionale nel 1988. L'area protetta si estende per 200.000 ettari, compresi tra le province di Potenza, in Basilicata, e Cosenza, in Calabria.

Il pino loricato, una specie in via di estinzione, è un albero presente solo sul Pollino e in qualche regione della Bosnia e della Grecia. Deve il suo nome all'aspetto della sua corteccia, che è spessa e irta come la corazza degli antichi Romani, chiamata appunto "lorica". Il pino loricato è una pianta protetta. Nel 1993 un incendio doloso ha distrutto uno degli esemplari più belli: aveva ben 900 anni!

DALLA SILA ALL'ASPROMONTE, A REGGIO CALABRIA...

In Calabria si mangiano molte cose buone. Io ho assaggiato i dolci fritti, le caciotte e dei deliziosi pomodorini. Ma mi sono leccata i baffi soprattutto con le melanzane alla finitese. Si mangiano croccanti e dorate, e il profumo che mandano il pecorino grattugiato, il basilico tritato e il peperoncino non te lo scordi più!

Devo dire che in queste settimane sto mangiando molto. Altrimenti come avrei potuto scarpinare sulla Sila e sull'Aspromonte?

La Sila mi ha affascinata. Stefi mi ha portata nel cuore della Sila Grande, perché ci teneva a farmi vedere l'Arvo, che è un bacino artificiale, ma che a me è sembrato un lago da favola.

Il paesaggio che lo circonda è di una bellezza che incanta.

– Posti così ne ho visti solo in Austria e in Baviera – mi ha detto Stefi. – Ma c'è un'altra cosa che devi vedere prima di ripartire.

E, infilatasi nella valle del torrente Merone, mi ha portata ai margini di una pineta incredibile.

– Ma sono altissimi! – ho esclamato alzando gli occhi fino alle cime di alberi, diritti come immense colonne.

– Sono larici, e possono raggiungere i quaranta metri di altezza – mi ha spiegato Stefi.

Prima di lasciare la Sila, Stefi mi ha parlato di San Giovanni in Fiore, che è considerata la capitale del cotone e dei tappeti.

All'Aspromonte abbiamo potuto dedicare solo poco tempo, anche se è uno dei luoghi più belli della Calabria. Prima siamo tornate sulla costa, poi abbiamo ripreso l'autostrada Salerno-Reggio Calabria, siamo uscite a Villa San Giovanni e siamo salite fino a Gambarie. Gambarie è un centro turistico circondato da grandi faggete. La nostra visita in Aspromonte, purtroppo, si è fermata lì.

– Potrai sempre tornarci in futuro – mi ha detto Stefi. – Dobbiamo essere di ritorno a Torino per la fine di agosto, e oggi è già il 24.

Abbiamo fatto dietrofront e siamo andate a Reggio Calabria.

Il gruppo montuoso della Sila è formato da tre parti, chiamate Sila Grande, Sila Greca e Sila Piccola. Ci sono molti boschi di castagni, pini, querce e faggi, e in mezzo ci vivono numerose specie di animali. Purtroppo c'è chi caccia di frodo, taglia i boschi e mette in pericolo l'equilibrio dell'ambiente.

L'Aspromonte non supera i 2.000 metri di altezza. È una montagna isolata e ha paesaggi affascinanti.

REGGIO CALABRIA

– Reggio Calabria è stata colpita da devastanti terremoti nel 1783, nel 1905 e nel 1908 – mi ha detto Stefi. – Ma oggi è una città moderna e molto bella. Andiamo subito sul lungomare.

Il Lungomare Matteotti è lungo almeno un chilometro. È fiancheggiato da aiuole ornate di fiori e piante esotiche e somiglia un po' a un orto botanico.

C'era un'aria davvero calma e trasparente e mentre guardavo il mare e l'Etna che fumava in lontananza, mi è successa una cosa stranissima. A un certo punto mi è sembrato di vedere a pochi passi le coste della Sicilia e di fissare negli occhi le persone dall'altra parte del mare: – Stefi, vedi anche tu quello che vedo io? – ho quasi gridato.

– Sembravano proprio vicini, vero?

– Sì, ma che significa?

– Siamo state vittime dell'"Incantesimo della Fata Morgana", Valentina. È un fenomeno che si verifica in giornate particolarmente limpide come quella di oggi. Il cielo e il mare sono immobili, i paesi della costa siciliana si specchiano nel mare e sembrano così vicini da poterli toccare con la mano.

Prima di partire da Reggio per andare a Villa San Giovanni, siamo andate al Museo Archeologico.

– Non possiamo lasciare Reggio senza aver visto i Bronzi di Riace – mi ha detto Stefi.

E con l'immagine dei due colossi negli occhi, uno sfrontato, l'altro pensoso, ho lasciato la Calabria.

SICILIA

CATANIA E L'ETNA

A Villa San Giovanni ci siamo imbarcate per la Sicilia. Mentre attraversavamo lo Stretto di Messina, Stefi mi ha chiesto: – A cosa ti fa pensare la Sicilia, Valentina?

– A Sant'Agata e a Santa Rosalia.

– Come mai?

– La prima è la patrona di Catania, la seconda di Palermo. Mia madre ha due amiche che sono nate in quelle due città e ci parlano spesso delle feste che si tengono in onore delle due sante.

– A me invece la Sicilia fa pensare ai Greci e ai Romani, ai Bizantini e agli Arabi, a Federico II e alla poesia siciliana, a Garibaldi e all'Unità d'Italia.

– Ne sono successe di cose laggiù!

– Più di quante immagini. In questa terra si è concentrata tutta la storia antica e quella moderna. Vedrai quanti templi, quanti monumenti, quante chiese, quanti mosaici, quante fontane... ma sono stati e sono importanti anche il mare, il vulcano, le feste, i dolci e così via.

– Cosa riusciremo a vedere in poco più di tre giorni?

– L'essenziale. Abbastanza perché tu ti possa innamorare dell'isola per poi tornarci col tuo fidanzato o con tuo marito, un giorno. Faremo il giro della regione, partendo da Catania.

Prima di lasciare Messina, Stefi mi ha ricordato che anche questa città è stata spesso devastata da violenti terremoti.

A Catania siamo arrivate dopo aver fatto una breve sosta a Taormina.

– Catania e l'Etna sono legate da un rapporto di odio e amore – ha osservato Stefi. – È proprio grazie alle ceneri dell'Etna che la piana di Catania è così fertile. Però quando il vulcano comincia a eruttare lava, inizia anche la paura della rovina e della distruzione. Ma i Catanesi hanno imparato a convivere con i brontolii, le bizze e le furie della *loro* montagna.

A Catania ci sono molte cose da vedere. La Piazza del Duomo, con al centro la Fontana dell'Elefante, la Chiesa di Sant'Agata, il Castello Ursino.

Mi è piaciuta molto la Via Etnea. È un po' in pendio e sullo sfondo si vede il massiccio dell'Etna.

Quando ci abbiamo passeggiato, era affollatissima e mi hanno colpito molto le gelaterie: ce ne sono davvero tante!

L'Etna è alto 3.340 metri. È il vulcano attivo più alto d'Europa. Il cratere principale si trova a 3.000 metri, ma lungo i versanti della montagna si aprono circa 350 crateri minori.

Si ricordano circa 135 eruzioni. Già nel 121 a.C. Catania fu raggiunta dal magma. Ma l'eruzione più disastrosa fu quella del 1669. Preceduta da tre giorni di terremoti, l'eruzione durò 122 giorni e cancellò parte della città e del porto.

Il Castello Ursino fu fatto erigere da Federico II tra il 1239 e il 1250. Ha forma quadrangolare, mura spesse 2 metri e torri cilindriche angolari alte 30 metri.

SIRACUSA, NOTO, AGRIGENTO

A Catania ho comprato un piccolo carretto siciliano da regalare a mia madre. È pieno di decorazioni colorate e luminose e starà proprio bene sul tavolo del soggiorno.

– Siracusa fu la più bella e forte città greca della Sicilia – mi ha spiegato Stefi. – E a Siracusa visse Archimede.

– Quello che bruciò le navi dei Romani con i suoi specchi ustori?

– Proprio lui.

Siamo andate a vedere le cave delle Latomie, che sono vastissime, e Stefi mi ha ricordato: – Si dice che solo nel V secolo a.C. abbiano fornito cinque milioni di tonnellate di pietra per gli edifici della città.

Da Siracusa siamo andate verso Noto.

– Ricordi quando ti ho parlato del Barocco a Lecce? – mi ha chiesto Stefi. – Bene, la capitale del barocco siciliano è Noto. E adesso la vedrai.

L'ho vista, eccome! E ho subito fatto il confronto con la Chiesa di Santa Croce a Lecce.

– Noto, secondo me, è stata un po' trascurata. La gente se n'è accorta solo quando il 13 marzo 1996 sono crollati la cupola e il soffitto della navata centrale del Duomo di San Corrado. Ma ora le cose stanno cambiando e la città sta assumendo un aspetto molto più curato – mi ha detto Stefi.

E via, verso Agrigento, dopo essere passate da Gela. Ed ecco la Valle dei Templi, della quale si sente spesso parlare sui giornali. Vedendola ho capito perché: tutti quei palazzi di cemento costruiti accanto alle rovine greche ti fanno venir voglia di distogliere lo sguardo!

Per un momento ho immaginato che non ci fossero. Allora sono tornata indietro nel tempo e ho guardato la vallata solo con i templi e sullo sfondo il mare. Ho passeggiato nella Valle in silenzio e ho ascoltato attentamente le spiegazioni di Stefi sugli splendidi monumenti che vedevo: dal Tempio di Ercole al Tempio della Concordia.

Davanti a questo, con le sue sei colonne frontali e le tredici di ogni lato, Stefi mi ha fatto notare quanto fosse maestoso. E ha aggiunto: – È il tempio che si è meglio conservato di tutta la Magna Grecia.

– In primavera, i mandorli fioriti fanno da cornice alle rovine – ha concluso. – E siccome fioriscono molto in anticipo, nella prima decade di febbraio si festeggia l'arrivo della primavera con la cosiddetta "Sagra del mandorlo in fiore".

Agrigento sorge sul fianco di una collina, di fronte al mare. Si compone di due parti. Una cittadella medievale preceduta dai quartieri moderni occupa le alture, mentre in basso c'è la Valle dei Templi, costellata di stupende vestigia antiche.

La città fu fondata nel 580 a.C. e venne governata da tiranni crudeli. Il peggiore fu Falaride. È anche la patria del filosofo Empedocle (V secolo a.C.) e di Luigi Pirandello (1867-1936), Premio Nobel nel 1934 per la letteratura e padre del moderno teatro italiano.

LE TONNARE, PALERMO, MONREALE

Risalendo lungo la costa, siamo arrivate fino a Trapani. Di fronte a Trapani ci sono le Isole Egadi: Favignana, Levanzo e Marettimo.

– Nei mari di Trapani si calano le ultime tonnare siciliane – mi ha raccontato Stefi. – È qui che in primavera avviene la “mattanza”, la pesca del tonno.

– Ho visto alcune immagini alla televisione. E mi è sembrato uno spettacolo terribile.

– Lo è. Ma d’altra parte, da una buona pesca dipendono le sorti di molte famiglie.

A Palermo, Stefi non sapeva da dove cominciare la nostra visita.

– Ci sono davvero tante cose da vedere! – ha esclamato. – E sono tutte belle. Ma esistono anche dei quartieri dove non si vive per niente bene. Per fortuna da alcuni anni si è cominciato a fare qualcosa per migliorare la situazione della gente che ci abita.

Siamo partite da Corso Vittorio Emanuele, con i negozi e le botteghe artigianali. In alcune di queste botteghe vengono realizzati pupi e presepi. Poi siamo passate davanti alla Cattedrale.

Il Mercato della Vucciria era animatissimo. Lungo i vicoli è pieno di bancarelle strette l’una all’altra e ci trovi tutti i generi alimentari che vuoi.

A un certo punto un venditore ci ha chiesto: – Non volete assaggiare le stigghiole?

– Che cosa sono? – gli ha chiesto Stefi.

Quando l'uomo ci ha spiegato che si trattava di interiora di agnello aromatizzate e cotte alla brace, Stefi e io abbiamo risposto: – No, grazie!

– Peccato – ha detto il venditore.

La nostra visita a Palermo è proseguita con la visita a San Giovanni degli Eremiti, a Villa Giulia e alla Chiesa di San Domenico. Poi è stata la volta del Santuario di Santa Rosalia, che sorge sul Monte Pellegrino.

Infine abbiamo visitato Piazza della Zisa, dove c'è un palazzo molto famoso a forma di parallelepipedo.

SAN GIOVANNI DEGLI EREMITI A PALERMO

E per concludere, siamo andate a riposarci nel Parco della Favorita. Era sabato e il parco era affollato di palermitani come se ci fosse una festa.

L'antico nome della città di Palermo è "Panormus", che significa "città tutto porto".

Palermo fu fondata dai Fenici nell'VIII secolo a.C. e fu conquistata dai Romani nel 254 a.C. Gli Arabi s'impadronirono della città nell'831 e la chiamarono "Balarmu". Introdussero la coltivazione delle arance, del mandorlo, del gelso, di nuovi tipi di vite e costruirono una rete di canali per irrigare i campi.

I DONI DEI MORTI, UNA POESIA

Mentre eravamo sedute nel Parco della Favorita, si è avvicinato a noi un uomo elegante e un po' curvo. Aveva una barba a pizzo, una cravatta a farfalla e un bastone da passeggio.

– Permettete? – ci ha chiesto. E si è seduto sulla nostra panchina. Quasi subito ci ha spiegato che era un professore in pensione e ci ha fatto i complimenti per essere venute a Palermo.

Poi ci ha raccontato alcune delle tradizioni che riguardano i bambini siciliani. Mi ha incuriosita, in

Si è avvicinato a noi un uomo elegante e un po' curvo…

particolare, quella dei "Doni dei Morti". – I nostri bambini, di solito, non ricevono i doni a Santa Lucia, a Natale o alla Befana, ma il giorno dei defunti. I morti si ricordano dei piccoli anche nell'aldilà, sapete? Perciò la notte tra l'1 e il 2 novembre si portano regali a tutti quelli che sono stati buoni. Insieme ai giocattoli, arrivano due dolci tradizionali: la "Frutta martorana" e i "Pupi di zucchero".

Prima di salutarci e di riprendere la sua passeggiata, mi ha trascritto su un foglietto una poesia in siciliano. – È deliziosa – ha detto. E me l'ha letta due volte:

Dimmi, dimmi, apuzza nica,
Unni vai cussì matinu?
Nun c'è cima chi arrusica
Di lu munti a nui vicinu.

Trema ancora, ancora luci
La rugiada 'ntra li prati
Dun accura nun ti arruci
L'ali d'oru dilicati.

Li ciuriddi durmigghiusi
'Ntra li virdi soi buttuni

Stannu ancora strutti e chiusi
Cu li testi a pinnuluni.

Ma l'aluzza s'affatica!
Ma tu voli e fai caminu!
Dimmi, dimmi, apuzza nica,
Unni vai cussì matinu?

Dopo Palermo siamo andate a Monreale, ed entrando nel Duomo mi è sembrato un po' di essere a Ravenna. Infatti le pareti interne erano ricoperte in alto di bellissimi mosaici. Ma con questa visita, e dopo aver gettato uno sguardo alle Isole Eolie, abbiamo lasciato Palermo e la Sicilia.

I "pupi" sono marionette di legno, rivestite di corazze e abiti vistosi, che vengono manovrate con fili e aste di ferro dai "pupari". Importanti testimonianze di quest'arte si trovano nel Museo Internazionale delle Marionette, vicino alla chiesa di Santa Maria della Catena. "Frutta martorana": si tratta di dolci a base di pasta reale, farina di mandorle, zucchero, confezionati a forma di frutta d'ogni tipo: arance, castagne, fichi d'India, eccetera.

La poesia Apuzza nica è di Giovanni Meli (1740-1815), che visse a Palermo e fu poeta, medico e chimico.

Ecco la traduzione:

Dimmi, dimmi, piccola ape,
dove vai di buon mattino?
Nessuna cima del monte a noi vicino
rosseggia ancora.

Trema ancora, ancora luccica
la rugiada nei prati.
Attenta a non bagnarti
le delicate ali d'oro.

I fiorellini insonnoliti
stanno ancora stretti e chiusi
nei loro verdi boccioli
con le teste reclinate.

La piccola ala si affatica!
Ma tu voli e vai avanti!
Dimmi, dimmi, piccola ape,
dove vai di buon mattino?

Il Duomo di Monreale è una delle più significative creazioni del Medioevo italiano.

Il re normanno Guglielmo II lo fece erigere nel 1174 e i mosaici che lo decorano si sviluppano per 6.340 metri quadrati, ricoprendo tutta la parte alta delle pareti della chiesa.

CAGLIARI E LE SUE TERRAZZE

– È la prima volta che mi trovo davvero "in mezzo al mare" – ho detto a Stefi mentre me ne stavo affacciata sul ponte del traghetto che ci portava in Sardegna.

Il mare era appena mosso e si stendeva a perdita d'occhio.

Se non ci fosse stata foschia all'orizzonte, forse avrei continuato a vedere la Sicilia e le coste della Campania o del Lazio.

Poi, a un tratto, ecco le coste della Sardegna. E che profumo di macchia mediterranea!

– Secondo me la Sardegna è "più isola" della Sicilia – ho detto a Stefi. – Non potranno mai costruire un ponte per collegarla alla terraferma. Pensi che ai sardi piaccia così o vorrebbero che fosse il contrario?

– Bisognerebbe chiederlo a loro.

Ed ecco Cagliari. Arrivando dal mare sembrava arroccata sui suoi colli.

Tirava un forte vento di Maestrale e ho dato la mano a Stefi. Abbiamo percorso Via Roma, che si trova di fronte al porto, poi siamo andate a vedere il Castello, la Torre dell'Elefante e le Terrazze.

Le Terrazze sono due. Una è quella di Santa Caterina, l'altra, più sotto, è quella chiamata Umberto I. Da lì si gode un bellissimo panorama sulla città bassa.

Da Piazza Yenne, che è un po' il cuore della città, abbiamo poi visitato i quartieri periferici chiamati Marina e Stampace.

– Sono i quartieri storici e popolari di Cagliari – mi ha spiegato Stefi. – Sai come venivano chiamati gli abitanti di Stampace? *Cuccuru cottu.* Vuol dire "teste dure" e si riferisce al fatto che erano molto litigiosi!

A Cagliari c'è un importante Museo Archeologico Nazionale.

La collezione più interessante è quella dedicata alla civiltà nuragica (1600 - 500 a.C.). Di essa si possono vedere e ammirare le armi, gli strumenti di lavoro, le ceramiche.

DALLA GIARA DI GESTURI AL VILLAGGIO NURAGICO DI BARUMINI

– Della Sardegna vedremo i posti più belli e originali, – mi ha detto Stefi – quelli che ne raccontano la storia e il carattere. Perciò direi di cominciare dalla Giara di Gesturi.

– Cos'è?

– È un esteso altopiano che abbraccia le province di Cagliari, Nuoro e Oristano. E chissà che non riusciamo a vedere qualcuno dei famosi cavallini sardi. Sarà difficile, però, perché in questo periodo vengono catturati, marchiati e poi liberati di nuovo.

– Sono come i pony?

– Oh, no. Sono dei cavalli che non somigliano a nessun altro. Non se ne conosce bene l'origine e si stanno facendo sforzi per conservarne pura la razza.

Arrivate sulla Giara, Stefi mi ha mostrato una serie di paludi di diversa grandezza.

– Si chiamano *Paulis* – mi ha detto. – Sono fatte di acqua piovana che ristagna in depressioni di origine vulcanica.

Poi mi ha fatto vedere anche degli alberi che non conoscevo, e cioè le querce da sughero. Erano davvero tante, e ho strofinato la mano sulle loro cortecce rugose.

– E i cavallini dei quali mi hai parlato?

– Te li mostrerò in fotografia.

Ma Stefi si è sbagliata, perché dopo pranzo, mentre ci accingevamo a dirigerci verso Nuoro, abbiamo visto sfilare lungo l'orizzonte due cavallini che sembravano giocare a rincorrersi.

– Sono loro? – le ho chiesto, mettendo la testa fuori dal finestrino.

– Non so. Sono troppo lontani.

I cavalli sono scomparsi quasi subito, e quando l'orizzonte è tornato vuoto, mi è sembrato di avere avuto una visione. Ma dentro mi è rimasta un'impressione di sconfinata libertà.

Così ho continuato a guardare la Giara e il cielo, per cercare di sorprendere il muso di una volpe o il volo di una poiana.

Dopo aver fatto una rapida visita al villaggio nuragico di Barumini, ci siamo dirette verso Nuoro, dove siamo arrivate prima di notte.

I cavallini della Giara di Gesturi sono noti in tutto il mondo come gli unici cavalli selvaggi esistenti in Europa.

Il cavallino della Giara ha una statura ridotta: la sua altezza non supera 1,20 metri. Ha la testa pesante, orecchie molto mobili, un ciuffo abbondante e gli occhi a mandorla.

IL CAVALLINO DELLA GIARA VIVE LIBERO

I "nuraghi" si trovano sia sulle coste sia nell'interno della regione sono grandi torri di pietra, fortezze dove ai tempi della civiltà nuragica (fiorita verso il 1500 a.C.) viveva il capo tribù e intorno alle quali sorgeva il villaggio. In Sardegna ci sono attualmente 7.000 nuraghi circa. Uno dei più grandi e meglio conservati("Su Nuraxi") si trova a Barumini, a poca distanza dalla Giara di Gesturi. Si tratta di una vera città-fortezza. Il torrione centrale è difeso da torri angolari e da mura. Dei 3 piani originari ne restano ancora 2, e si eleva di 14 metri sulle abitazioni che lo circondano.

LA BARBAGIA, ORGOSOLO, I MURALES

– La Barbagia è un territorio dove le tradizioni sono rimaste immutate – mi ha spiegato Stefi. – La gente di queste terre, infatti, è rimasta a lungo isolata. Dobbiamo assolutamente visitare questo territorio ricco di foreste, di bellissimi paesaggi e di gole vertiginose. Domani mattina presto andremo a Orgosolo.

Da Nuoro ci vuole poco per arrivare a Orgosolo. Sono solo venti chilometri.

– È meglio lasciare l'auto fuori dal paese – mi ha detto Stefi.

Le vie interne di Orgosolo sono strette, e vanno continuamente su e giù. Dopo una visita alla Chiesa dell'Assunta, ho cominciato a guardarmi intorno con curiosità.

C'erano due cose che volevo vedere. Prima di tutto i murales, dei quali mi aveva parlato Stefi. Sono stata subito accontentata, perché uno è proprio all'entrata del paese. Si chiama "Sasso in bocca” ed è un masso sul quale è stato raffigurato un volto umano.

Gli altri sono disseminati per tutta Orgosolo e rappresentano fatti del posto, avvenimenti accaduti nel mondo, vicende del passato e del presente della Sardegna.

In secondo luogo volevo vedere i costumi delle donne di Orgosolo. Stefi me li aveva descritti con ricchezza di particolari già sul traghetto ed ero impaziente di osservarli con i miei occhi.

Quando ho visto un paio di donne che camminavano in silenzio per una delle stradine del paese, ho fissato con stupore i loro grembiuli ricamati con disegni geometrici. Mi ha sorpresa anche il fazzoletto di un colore giallo intenso, annodato in modo da lasciare intravedere solo gli occhi.

Quando però gli occhi di una delle donne mi hanno fissata come se stessi curiosando dove non dovevo, sono stata sul punto di chiederle scusa. Prima di scomparire dalla mia vista, tuttavia, la donna mi ha fatto un gesto di saluto e io l’ho ricambiata con un sorriso.

– Mi dispiace di non poterti portare sul Supramonte, Valentina – mi ha detto Stefi. – Sarebbe affascinante vedere la Gola di Gorroppu. Ma dovremmo cercare una guida, non siamo ben attrezzate e temo che soffrirei un po' di claustrofobia.

Una decina di chilometri dopo Orgosolo abbiamo fatto una deviazione e siamo andate a Oliena. I vicoli, le scalette, le case bianche e i balconi ricamati di fiori me ne hanno lasciato una bella immagine.

Nel massiccio del Gennargentu (che vuol dire "Porta d'argento"), la catena del Supramonte (che in sardo si chiama "Perda Crapias") è tutta traforata di grotte. Vi regna un gran silenzio. Ma se capita di sentire un suono di campanacci, allora vuol dire che c'è qualcuno che pascola un gregge di capre.

Sul Supramonte si possono osservare l'aquila reale,

la poiana, il gheppio, il falchetto e la pernice sarda.

C'è, poi, il geotritone: una lucertola nera che respira attraverso la pelle. Vive solo da queste parti e in California.

La Gola di Gorroppu offre uno spettacolo senza eguali. Le pareti raggiungono i 300 metri di altezza. Si trova tra i monti del Supramonte, tra Orgosolo e Urzulei.

ALGHERO, LA SPIAGGIA MARIA PIA, LE GROTTE DI NETTUNO

– **E adesso puntiamo** verso nord, Valentina. Ad Alghero, per la precisione. Non andremo sulla Costa Smeralda, perché è un posto un po' artefatto e in questo periodo molto affollato.

La giornata ad Alghero è stata indimenticabile per due ragioni.

Al mattino presto, prima che arrivasse la calca di gente, Stefi mi ha condotta sulla Spiaggia Maria Pia. Non so perché si chiami così, ma so che non ho mai visto una spiaggia più incantevole di questa. Il mare è trasparente e le dune sono di una sabbia candida. – Mi piacerebbe fare il bagno – ho detto a Stefi.

– Credi che non ci abbia pensato? Cosa pensi che ci sia nel mio zaino? I nostri costumi da bagno.

Abbiamo camminato a lungo prima che il mare diventasse profondo. Avevamo il sole alle spalle: che intrecci di colori davanti e intorno a noi!

Dopo esserci asciugate, abbiamo un po' corso, un po' passeggiato nella pineta.

Nel pomeriggio, invece, Stefi mi ha fatto una sorpresa per concludere degnamente la nostra visita in Sardegna.

Siamo andate, infatti, sul promontorio di Capo Caccia e una volta lassù Stefi mi ha chiesto: – Pensi di farcela a scendere 654 scalini per vedere delle grotte indimenticabili?

I 654 scalini ripidissimi formano una rampa artificiale detta *Escala del Cabirol* (Scala del Capriolo) e conducono all'ingresso delle affascinanti Grotte di Nettuno.

Dall'ingresso si accede a un grande lago salato

interno da cui affiorano scogli e sponde dove non si può arrivare.

All'uscita, ho contemplato ancora una volta il mare dal promontorio di Capo Caccia. Era il mio ultimo sguardo al mare di Sardegna, e mi sono fatta indicare da Stefi la direzione in cui si trovava l'Arcipelago della Maddalena con l'Isola di Caprera.

Alghero è cinta da mura e bastioni. Furono edificati dagli spagnoli durante il loro dominio iniziato nel 1354 e terminato secoli dopo. Nel centro storico si trova la Chiesa-convento di San Francesco.

La lingua più usata dagli algheresi è il catalano, retaggio del dominio spagnolo.

Nelle Grotte di Nettuno viveva, fino a non molto tempo fa, la foca monaca.

L'Arcipelago della Maddalena è situato all'estremità nord-orientale della Sardegna ed è formato da sette piccole isole: La Maddalena, Caprera, Santo Stefano, Spargi, Budelli, Santa Maria e Razzoli.

L'isola di Caprera è legata al nome di Giuseppe Garibaldi (protagonista del nostro Risorgimento), che vi si ritirò negli ultimi anni della sua vita.

CONCLUSIONE

RITORNO A CASA

– Si torna a casa, Valentina – mi ha detto Stefi, mentre la nostra nave usciva da Porto Torres e puntava verso Genova.

Eh, già, si tornava a casa.

Avevo visto luoghi da sogno e assistito a spettacoli inimmaginabili. Era stato bello conoscere tanta gente, percorrere tante piazze, immergersi nei boschi, scivolare sui laghi, indugiare nelle chiese, soffermarsi nei musei... sentivo di tornare a casa molto diversa da quand'ero partita. Mi ero fatta un'idea nuova della bellezza, avevo conosciuto più a fondo la storia delle città, ammirato tante forme d'arte, incontrato persone che avevano saputo parlarmi con sincerità di se stesse. Anch'io credo di aver lasciato dappertutto un po' di me stessa, perché ho viaggiato con la mia storia e i miei ricordi.

Adesso so cos'è la geografia. Non è solo un insieme di dati e di nomi, ma un intreccio di storie e

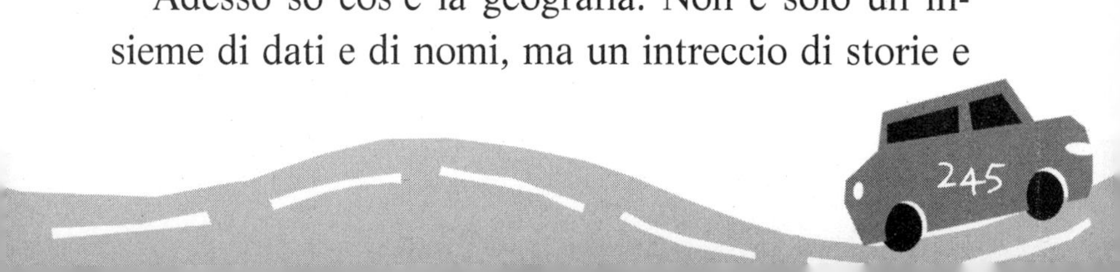

di vite che animano un quartiere, un paesino di montagna, una caletta tra gli scogli, la foce di un fiume, l'isola di una laguna, un vicolo o sotto un ponte. Quante cose avevo da raccontare a Tazio e a Ottilia, a mio fratello e ai miei genitori, ai miei compagni e ai miei insegnanti! Ma soprattutto ne avevo tante da rievocare tra me e me, scrivendo e leggendo, riflettendo e sognando.

Adesso che l'avevo conosciuta profondamente, amavo l'Italia come una cosa viva, palpitante, reale. L'avevo fatta mia con la testa e con il cuore.

Ma la voglia di viaggiare che mi ha presa più che mai in questi due mesi, mi spinge a guardare oltre i confini dell'Italia. Chissà se Stefi, un giorno, mi condurrà anche in giro per l'Europa… vedremo!

Il mare era calmo, la nave scivolava tranquilla, e mi sono appostata a prua per scorgere appena possibile la costa ligure. Poi avremmo attraversato le montagne, saremmo entrate in Piemonte, e infine… Torino!

Ho pensato che è bello viaggiare e conoscere tante cose nuove. Ma è anche bello, anzi bellissimo, tornare a casa.

Arrivederci
alla prossima
avventura!

REGIONI D'ITALIA

ABRUZZO

Superficie: 10.798 kmq

Popolazione: 1.309.797 abitanti ca.

Fiumi principali:
Aterno-Pescara
Sangro
Tordino
Vomano

Monti principali:
Corno Grande, 2.914 m
Amaro, 2.795 m
Velino, 2.487 m

Capoluogo: **L'Aquila**, 69.700 abitanti ca. (AQ)

Province: Chieti, 54.305 abitanti ca. (CH)
Pescara, 117.090 abitanti ca. (PE)
Teramo, 54.716 abitanti ca. (TE)

BASILICATA

Superficie: 9.992 kmq

Popolazione: 591.338 abitanti ca.

Fiumi principali:
Basento
Bradano
Ofanto

Monti principali:
Pollino, 2.267 m
Sirino, 2.005 m
Volture, 1.326 m

Capoluogo: **Potenza**, 67.403 abitanti (PZ)

Province: Matera, 60.556 abitanti (MT)

CALABRIA

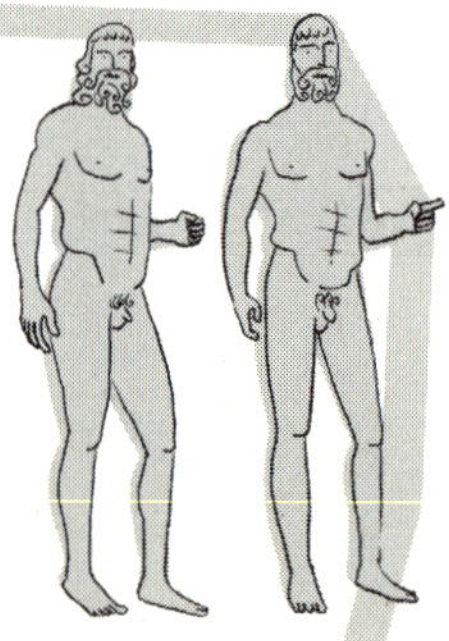

Superficie: 15.080 kmq

Popolazione: 1.998.052 abitanti ca.

Fiumi principali:
Crati; Neto

Monti principali:
Dolcedorme, 2.271 m
Montalto, 1.955 m; Botte Donato, 1.928 m

Capoluogo: **Catanzaro**, 91.028 abitanti ca. (CZ)

Province: Cosenza, 69.065 abitanti ca. (CS)
Crotone, 59.740 abitanti ca. (KR)
Reggio Calabria, 180.705 abitanti ca. (RC)
Vibo Valentia, 33.118 abitanti ca. (VV)

CAMPANIA

Superficie: 13.595 kmq

Popolazione: 5.785.350 abitanti ca.

Fiumi principali: Volturno; Sele

Monti principali:
Miletto, 2.050 m; Cervati, 1.899 m ; Vesuvio, 1.281 m

Capoluogo: **Napoli**, 989.111 abitanti ca. (NA)

Province: Avellino, 56.180 abitanti ca. (AV)
Benevento, 60.770 abitanti ca. (BN)
Caserta, 77.099 abitanti ca. (CE)
Salerno, 131.925 abitanti ca. (SA)

EMILIA ROMAGNA

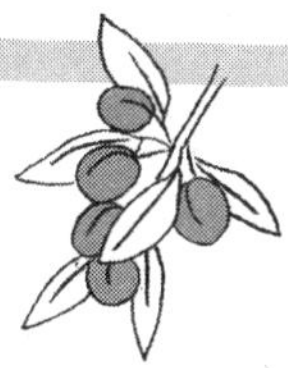

Superficie: 22.124 kmq

Popolazione: 4.223.264 abitanti ca.

Fiumi principali: Reno; Secchia; Taro

Monti principali:
Cimone, 2.165 m; Maggiorasca, 1.799 m; Falterona, 1.654 m

Capoluogo: **Bologna**, 385.135 abitanti ca. (BO)

Province: Ferrara, 134.300 abitanti ca. (FE)
Forlì-Cesena, 116.029 abitanti ca. (FC)
Modena, 179.353 abitanti ca. (MO)
Parma, 177.714 abitanti ca. (PR)
Piacenza, 100.843 abitanti ca. (PC)
Ravenna, 154.288 abitanti ca. (RA)
Reggio Emilia, 163.928 abitanti ca. (RE)
Rimini, 143.731 abitanti ca. (RN)

FRIULI-VENEZIA GIULIA

Superficie: 7.855 kmq

Popolazione: 1.229.363 abitanti ca.

Fiumi principali:
Isonzo; Tagliamento

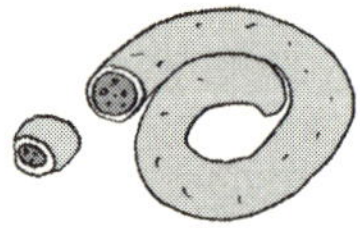

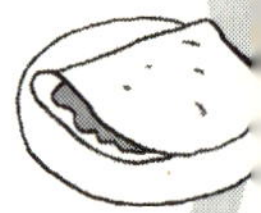

Monti principali:
Coglians, 2.780 m
Cima dei Preti, 2.703 m
Canin, 2.571 m

Capoluogo: **Trieste**, 204.849 abitanti ca. (TS)

Province: Gorizia, 35.349 abitanti ca. (GO)
Pordenone, 51.378 abitanti ca. (PN)
Udine, 98.780 abitanti ca. (UD)

LAZIO

Superficie: 17.207 kmq

Popolazione: 5.943.308 abitanti ca.

Fiumi principali:
Tevere; Liri

Monti principali:
Terminillo, 2.213 m; Terminilletto, 2.105 m

Capoluogo: **Roma**, 2.863.322 abitanti ca. (Roma)

Province: Frosinone, 46.245 abitanti ca. (FR)
Latina, 119.426 abitanti ca. (LT)
Rieti, 47.153 abitanti ca. (RI)
Viterbo, 63.707 abitanti ca. (VT)

LIGURIA

Superficie: 5.421 kmq

Popolazione: 1.607.878 abitanti ca.

Fiumi principali: Bormida; Scrivia; Trebbia

Monti principali: Saccarello, 2.200 m; Penna, 1.735 m

Capoluogo: **Genova**, 582.320 abitanti ca. (GE)

Province: Imperia, 42.246 abitanti ca. (IM)
La Spezia, 92.439 abitanti ca. (SP)
Savona, 60.760 abitanti ca. (SV)

LOMBARDIA

Superficie: 23.861 kmq

Popolazione: 9.545.441 abitanti ca.

Fiumi principali: Adda; Oglio; Ticino

Monti principali: Bernina, 4.049 m;
Cevedale, 3.764 m; Adamello, 3.554 m

Capoluogo: Milano, 1.324.169 abitanti ca. (MI)

Province: Bergamo (117.630 abitanti ca.) BG
Brescia (190.915 abitanti ca.) BS
Como (84.205 abitanti ca.) CO
Cremona (72.335 abitanti ca.) CR
Lecco (45.380 abitanti ca.) LC
Lodi (42.160 abitanti ca.) LO
Mantova (49.565 abitanti ca.) MN
Monza e Brianza (120.440 abitanti ca.) MB
Pavia (71.345 abitanti ca.) PV
Sondrio (22.180 abitanti ca.) SO
Varese (80.927 abitanti ca.) VA

MARCHE

Superficie: 9.694 kmq

Popolazione: 1.456.625 abitanti ca.

Fiumi principali:
Metauro
Esino
Tronto

Monti principali:
Vettore, m 2.476
Priora, m 2.332
Pennino, m 1.570

Capoluogo: **Ancona**, 101.742 abitanti ca. (AN)

Province: Ascoli Piceno, 50.079 abitanti ca. (AP)
Fermo, 37.783 abitanti ca. (FM)
Macerata 42.260 abitanti ca. (MC)
Pesaro e Urbino, 109.997 abitanti ca. (PU)

MOLISE

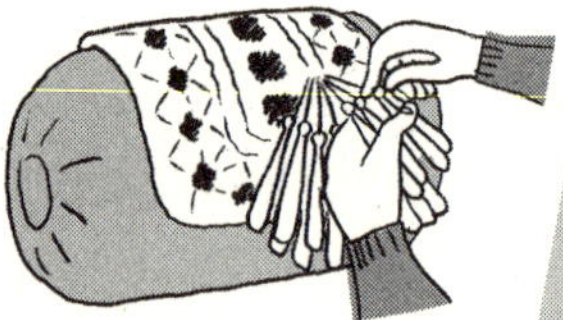

Superficie: 4.438 kmq

Popolazione: 330.695 abitanti ca.

Fiumi principali:
Biferno; Fortore; Trigno

Monti principali:
Miletto, 2.050 m

Capoluogo: **Campobasso**, 49.392 abitanti ca. (CB)

Province: Isernia, 21.095 abitanti ca. (IS)

PIEMONTE

Superficie: 25.399 kmq

Popolazione: 4.352.828 abitanti ca.

Fiumi principali:
Dora Baltea; Dora Riparia; Po; Sesia; Tanaro

Monti principali:
Monte Rosa, 4.637 m; Gran Paradiso, 4.061 m; Monviso, 3.841 m

Capoluogo: **Torino**, 910.000 abitanti ca. (TO)

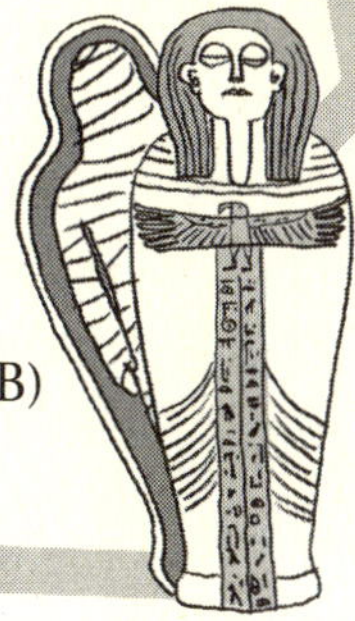

Province: Alessandria, 91.080 abitanti ca. (AL)
Asti, 73.550 abitanti ca. (AT)
Biella, 48.060 abitanti ca. (BI)
Cuneo, 54.810 abitanti ca. (CN)
Novara, 102.405 abitanti ca. (NO)
Verbano-Cusio-Ossola, 31.053 abitanti ca. (VB)
Vercelli, 48.375 abitanti ca. (VC)

PUGLIA

Superficie: 19.362 kmq

Popolazione: 4.087.695 abitanti ca.

Fiumi principali: Fortore; Ofanto

Monti principali: Calvo, 1.056 m

Capoluogo: **Bari**, 322.751 abitanti ca. (BA)

Province: Barletta-Andria-Trani, 392.446 abitanti ca. (BT)
Brindisi, 88.611 abitanti ca. (BR)
Foggia, 156.300 abitanti ca. (FG)
Lecce, 89.598 abitanti ca. (LE)
Taranto, 198.728 abitanti ca. (TA)

SARDEGNA

Superficie: 24.090 kmq

Popolazione: 1.662.955 abitanti ca.

Fiumi principali: Coghinas; Flumendosa; Tirso

Monti principali: Gennargentu, 1.835 m; Limbara, 1.362 m

Capoluogo: **Cagliari**, 154.019 abitanti ca. (CA)

Province: Carbonia-Iglesias*, 128.551 abitanti ca. (CI)
Medio Campidano*, 102.435 abitanti ca. (VSI)
Nuoro, 38.000 abitanti ca. (NU)
Ogliastra*, 57.321 abitanti ca. (OG)
Olbia-Tempio*, 152.455 abitanti ca. (OT)
Oristano, 32.890 abitanti ca. (OR)
Sassari (127.715 abitanti ca.) SS

*PROVINCE IN VIA DI DEFINIZIONE

SICILIA

Superficie: 25.708 kmq

Popolazione: 5.016.861 abitanti ca.

Fiumi principali: Belice; Salso; Simeto

Monti principali:
Etna, 3.323 m; Soro, 1.847 m; Pizzo Carbonara, 1.979 m

Capoluogo: **Palermo**, 678.492 abitanti ca. (PA)

Province: Agrigento (55.815 abitanti ca.) AG
Caltanissetta (62.880 abitanti ca.) CL
Catania (341.455 abitanti ca.) CT
Enna (28.425 abitanti ca.) EN
Messina (242.267 abitanti ca.) ME
Ragusa (69.630 abitanti ca.) RG
Siracusa (123.768 abitanti ca.) SR
Trapani (69.665 abitanti ca.) TP

TOSCANA

Superficie: 22.997 kmq

Popolazione: 3.638.211 abitanti ca.

Fiumi principali:
Arno; Magra; Serchio

Monti principali: Amiata, 1.738 m; Pisanino, 1.945 m

Capoluogo: **Firenze**, 377.207 abitanti ca. (FI)

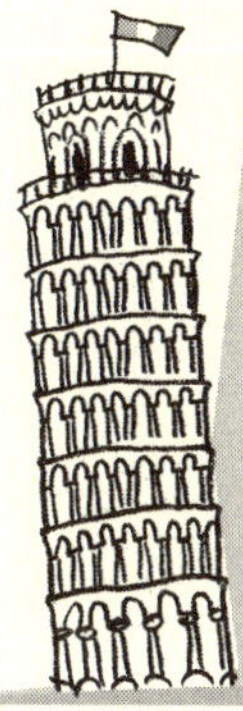

Province: Arezzo (98.352 abitanti ca.) AR
Grosseto (79.216 abitanti ca.) GR
Livorno (160.937) LI
Lucca (87.598 abitanti ca.) LU
Massa-Carrara (67.920 abitanti ca.) MS
Pisa (88.627 abitanti ca.) PI
Pistoia (86.290 abitanti ca.) PT
Prato (191.268 abitanti ca.) PO
Siena (54.930 abitanti ca.) SI

TRENTINO-ALTO ADIGE

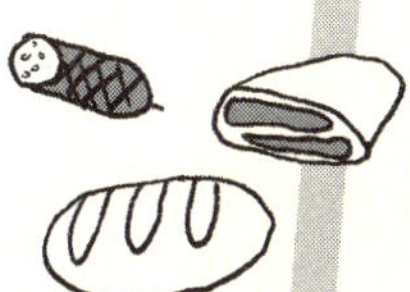

Superficie: 13.607 kmq

Popolazione: 994.703 abitanti ca.

Fiumi principali:
Adige; Isarco; Sarca

Monti principali:
Ortles, 3.902 m; Cevedale, 3.764 m; Palla Bianca, 3.736 m

Capoluogo: **Trento**, 115.540 abitanti ca. (TN)

Province: Bolzano, 105.713 abitanti ca. (BZ)

UMBRIA

Superficie: 8.456 kmq

Popolazione: 872.967 abitanti ca.

Fiumi principali:
Nera
Tevere
Velino

Monti principali:
Vettore, 2.476 m
Pozzoni, 1.904 m
Coscerno, 1.685 m

Capoluogo: **Perugia**, 166.030 abitanti ca. (PG)

Province: Terni, 108.435 abitanti ca. (TR)

VALLE D'AOSTA

Superficie: 3.263 kmq

Popolazione: 124.812 abitanti ca.

Fiumi principali:
Dora Baltea

Monti principali:
Monte Bianco, 4.807 m
Monte Rosa, 4.637 m
Cervino, 4.478 m
Gran Paradiso, 4.061 m

Capoluogo: **Aosta**, 35.095 abitanti ca. (AO)

VENETO

Superficie: 18.390 kmq

Popolazione: 4.773.554 abitanti ca.

Fiumi principali:
Adige
Brenta
Piave

Monti principali:
Marmolada, 3.343 m
Antelao, 3.265 m
Le Tofane, 3.243 m

Capoluogo: **Venezia**, 259.263 abitanti ca. (VE)

Province: Belluno (35.335 abitanti ca.) BL
Padova (212.545 abitanti ca.) PD
Rovigo (50.960 abitanti ca.) RO
Treviso (81.250 abitanti ca.) TV
Verona (254.660 abitanti ca.) VR
Vicenza (113.655 abitanti ca.) VI

INDICE ANALITICO

INDICE

Valentina

I libri della serie

1. V come Valentina
2. Un amico Internet per Valentina
3. In viaggio con Valentina
4. A scuola con Valentina
5. Un mistero per Valentina
6. La cugina di Valentina
7. Gli amici di Valentina
8. L'estate di Valentina
9. La famiglia di Valentina
10. Quattro gatti per Valentina
11. Buon Natale, Valentina!
12. Halloween con Valentina
13. Pablo. Un nuovo amico per Valentina
14. Una sorpresa per Valentina
15. In vacanza con i nonni
16. Valentina è gelosa
17. Un'amicizia speciale
18. Tazio, mi manchi...
19. Valentina in Australia
20. Valentina baby-sitter
21. Sorrisi in regalo
22. Valentina giornalista
23. Arrivano i nuovi vicini
24. Un cavallo per amico
25. Una sorella a distanza
26. Tazio ha un segreto
27. Alice si è persa
28. Il tradimento di Ottilia
29. Campione per forza
30. Una casa per Karim
31. Milionari per un giorno
32. Tutti per papà
33. Un cucciolo per Ottilia
34. Cosa vedi Valentina?
35. Il fantasma del quartiere
36. Gatti e guai

Leggi tutte le mie avventure!

I grandi libri

Valentina da grande
Il manuale della salute
Valentina e la soffitta dei ricordi
Oggi cucino con Valentina
Salva il mare con Valentina
Difendi la natura con Valentina
Valentina e i colori del mondo
Il mondo di Valentina
I consigli di Valentina
Un mistero a Roma per Valentina
Viaggio nella storia d'Italia con Valentina 2
Viaggio nella storia d'Italia con Valentina
Il viaggio in Europa di Valentina
Il viaggio in Italia di Valentina

Per l'elenco completo delle avventure di Valentina visita il sito:

www.ilmondodivalentina.it

CHI È ANGELO PETROSINO?

Care lettrici e cari lettori, ho pensato di parlarvi di me perché mi chiedete sempre di farlo quando vi incontro nelle scuole o nelle biblioteche. Sono sempre stato un bambino vivace e curioso. Non stavo mai in casa e mi arrampicavo sugli alberi, per guardare il mondo dall'alto. Era facile, perché abitavo in campagna. Poi un giorno ho lasciato il mio paese perché mio padre aveva trovato lavoro in Francia. Avevo dieci anni. Ho vissuto esperienze indimenticabili prima in Auvergne poi a Parigi. Tornato in Italia, ho dovuto imparare di nuovo l'italiano. Per questo oggi la lingua italiana è per me il patrimonio più prezioso: di ogni parola amo il suono, il significato, le immagini che evoca. Non pensavo che un giorno mi sarei trovato a insegnarla. All'inizio infatti ho studiato da perito chimico. Poi un giorno mi sono affacciato a un'aula di scuola elementare. Ero imbarazzato. «Come ci si comporta

Angelo a dieci anni, in Auvergne

Angelo Petrosino

con i bambini?» mi sono chiesto. Allora ho ricordato che i momenti più belli della mia infanzia erano quando mio nonno mi raccontava storie. Così ho cominciato a leggere ai miei alunni. Da allora sono diventato "il maestro che racconta storie". Ma ho sempre ascoltato le storie, i desideri, i sogni dei bambini. Quante cose ho imparato! Col tempo ho iniziato a scrivere libri in cui i protagonisti erano proprio loro. Così è nato il personaggio di Valentina: curiosa, irrequieta, intelligente, capace di ascoltare le sue emozioni e con una gran voglia di vivere.
A proposito, mi piacerebbe sapere cosa ne pensate dei miei libri. Se volete, scrivetemi qui:

www.angelopetrosino.it

Prometto una risposta veloce e personale a tutti!

CHI È SARA NOT?

Sara Not disegna Valentina da un bel po', tanto che sono diventate delle vere amiche!
Una volta Valentina è anche andata a trovarla a Trieste e ha conosciuto l'intrepida cagnolina Sissi, l'infaticabile aiutante illustratrice, che segue Sara ovunque e regala ottimi consigli in fatto di grafica e design. A Trieste hanno giocato con la bora, come faceva Sara quando era una bambina: negli angoli più esposti aspettava i refoli più veloci e interpretava la parte di una principessa che lotta contro mostri terribili. Vinceva sempre lei oppure, all'occorrenza, arrivava qualche principe azzurro a liberarla, giusto in tempo per l'ora della merenda.
Siccome sua sorella Elisa preferiva giocare a calcio con i maschi, che giocare alle bambole con lei, Sara si chiudeva in camera sua.

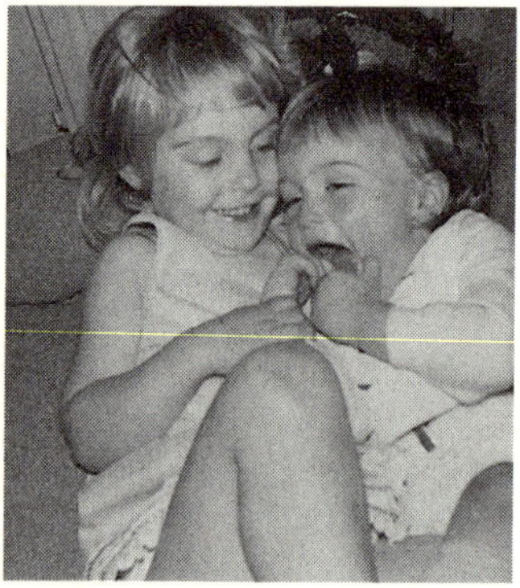

Sara a quattro anni, con la sorellina Elisa

E disegnava, disegnava, disegnava. Per ore e ore. Per giorni interi. Di tutto. Ma soprattutto le persone: persone che parlano, corrono, dormono, mangiano, da sole, in gruppo, che fanno festa, felici o tristi, vestite, nude, grasse, magre, alte e basse, insomma di tutti i tipi. Odiava disegnare le automobili e tutto ciò che avesse un motore.

Sara Not

Oggi Sara è cresciuta ma ama sempre molto la bora, che le regala cieli azzurri, aria pulita e idee fresche di giornata. In più ci sono anche un innamorato francese con le spalle larghe che la porta in giro su una moto rombante e i suoi due bellissimi bambini, dei veri portenti della natura.
Solo per loro oggi Sara disegna macchine, treni, trattori, camion, tir, ruspe, scavatrici, aerei, elicotteri, motociclette, motoscafi, navi, navette spaziali e chi più ne ha più ne metta!

I MIEI APPUNTI DI VIAGGIO...